추억 속 미래와
기억 속 그대

## 추억 속 미래와 기억 속 그대

| | |
|---|---|
| 발행일 | 2025년 10월 31일 |
| 지은이 | 이상우 |
| 펴낸이 | 손형국 |
| 펴낸곳 | (주)북랩 |
| 출판등록 | 2004. 12. 1(제2012-000051호) |
| 주소 | 서울특별시 금천구 가산디지털 1로 168, 우림라이온스밸리 B동 B111호, B113~115호 |
| 홈페이지 | www.book.co.kr |
| 전화번호 | (02)2026-5777 | 팩스 (02)3159-9637 |
| ISBN | 979-11-7224-909-0 03810 (종이책)    979-11-7224-910-6 05810 (전자책) |

잘못된 책은 구입한 곳에서 교환해드립니다.
이 책은 저작권법에 따라 보호받는 저작물이므로 무단 전재와 복제를 금합니다.
본 도서는 (주)북랩이 보유한 리코 인쇄 장비 등 자체 생산 인프라를 통해 제작되었습니다.

---

**작가 연락처 문의 ▶ ask.book.co.kr**
전용 게시판에 문의를 남기시면 저자에게 직접 전달됩니다.

---

**(주)북랩** 성공출판의 파트너
북랩 홈페이지와 SNS에서 다양한 출판 솔루션을 만나 보세요!
홈페이지 book.co.kr     •  블로그 blog.naver.com/essaybook     •  출판문의 text@book.co.kr
카톡채널 북랩

이 상 우 장 편 소 설

# 추억 속 미래와 기억 속 그대

과거에서 미래를 보는 여자, 미래에서 과거를 보는 남자
전생이 미래다! 전생과 미래를 잇는 두 사람, 하나의 진실

**우리를 구하는 것은 지금 이 순간의 사랑이다!**

북랩

 차례

# 1부
## 전생의 발견

1. 타임머신     9
2. 그 남자의 전생     33
3. 조우     53
4. 그들이 생각해낸 가설     59
5. 밝혀지는 진실     65

## 2부
## 세상의 발견

1. 미래에서 온 사람      75
2. 새로운 발견      99
3. 연인      121
4. 세상과 인류와 인연의 결말      143

# 1부

# 전생의 발견

# 1
## 타임머신

"전생을 찾으세요! 잃어버린 과거를 보여드립니다!"

한 회사의 캐치 프레이즈로부터 모든 것은 시작되었다.

2028년 7월, 전자제품을 주로 취급하던 어떤 기업이 세상을 뒤흔들 획기적인 발명품을 내놓았다. 이름하여 '더 타임머신'. 시간 여행을 가능케 해줄 것 같은 이름이 붙은 그 신제품은 사람들의 머리에 씌워져 착용자에게 전생의 기억을 되살려주는 물건이었다.

제품 출시가 발표되자마자 이건 천지개벽이라며 폭발적인 반응이 잇따랐고, 회사는 세계 각지에서 주목하는 유망 기업으로 단숨에 부상했다. 물론 그에 맞서 회의론자들도 있었다. 더 타임머신은 이용자가 본사에 직접 찾아가 제품을 착용하고, 엔지니어의 적절한 지도 아래서 전생의 기억을 보는 시스템이었다. 그러나 그렇게 되살려진 기억이 망상이거나 주입된 허구가 아니라고는 단정할 수 없다는 문제가 남아 있었다. 기억의 진위성이 곧 제품의 생명이라고 할 수 있는 상황에서, 회사에게는 먼저 사람들에게 착용자의 기억이 정말로 전생에서 온 것이라는 증명을 하는 것이 최우선 과제일 수밖에 없었다.

물론 그들은 이미 이 부분에 관해서 준비가 되어 있었다. 공교롭게도 이는 인류가 과거에 대해 더 잘 이해하게 되는 기폭제가 되었다.

회사는 거듭된 시운전으로 여러 사람의 전생을 되살려냈고, 그렇게 해서 방대한 양의 전생 데이터를 얻게 되었다. 이것은 역사학자와 고고학자에게 엄청난 가치가 있는 정보였다. 회사 측에서는 학자들을 초빙하여 교차 검증을 실시했고, 그들의 발명품이 불러온 기억들을 토대로 학자들은 발견되지 않은 역사적 사실과 유물들을 찾아내고 복원하는데 성공하였다.

더 타임머신의 발명으로 인류의 역사학에는 새로운 지평이 열리게 되었다. 역사학은 과거의 흔적만을 뒤쫓던 것에서 벗어나 이젠 과거에 대한 직접적인 체험을 손에 넣기 시작한 것이었다. 이러한 학문적 성취는 전생 기억의 진위를 의심하는 회의론을 수그러들게 하기 충분했고, 회사는 자신들의 잃어버린 과거를 되찾기 위해 사람들이 전 세계에서 모여드는 성지 같은 곳이 되었다.

주은결 역시도 잃어버린 과거를 되찾으려는 사람 중 하나였다.

27세의 미술 심리 치료사. 그녀의 내면에는 늘 표현되지 않는 무언가가 도사리고 있었다.

그 이해 못할 어둠이 그녀를 미술로 이끌었고, 사람들 속에 있는 빛을 밝혀주고자 그녀는 자신의 재능으로 치료사가 되었다. 그러나 자기 가슴에 응어리진 그을음 하나, 그 보이지 않는 어두움만큼은 늘 밝은 빛의 이면에서 가려진 채 울부짖고 있었고, 그렇게 그녀는 풀리지 않는 의문에 대한 근본적 해답을 갈망하며 매번 세상을 헤매야만 했다.

그녀가 잡은 예약일이 벌써 하루 앞으로 다가왔다. 이제 내일이면, 아니 몇 시간 후면 그녀는 자신의 새로운 과거를 찾으러 본사로 향해 발걸음을 옮기고 있을 것이었다. 침대 머리맡에 누워 그녀는 생각했다. 이번 생이 온 건 참 행운이야.

내일이면, 모든 걸 알게 되겠지.

다음 날은 그녀의 눈이 저절로 뜨였다. 알람 시계가 울리기도 전이었다.

본사까지 가는 버스 안에서 1시간가량 서 있는 동안, 그리고 정거장에 내려 본사 건물이 있는 곳까지 10분 넘게 걸어가는 동안 그녀는 단 한 차례도 입을 열지 않았다. 입을 벌리는 순간 기쁨의 비명이 토하듯 쏟아져 내릴 것만 같았다. 상기된 얼굴을 겨우 진정시켜 꾹꾹 눌러 담은 채로, 그녀는 접수처에 가서 자신의 이름을 대고 대기석에서 자신의 차례가 오기만을 1분 1분 기다리고 있었다.

주위를 둘러보았다. 앉아 있는 몇몇 사람들이 보였다. 대기 공간의 앞쪽에 있는 커다란 스크린에서는 반복적으로 회사의 로고와 함께 "전생을 찾으세요! 잃어버린 과거를 보여드립니다!"라는 캐치 프레이즈가 춤을 췄다. 같은 영상의 반복임에도 그녀에게는 그 문구가 늘 설레게 다가왔다. 스무 자밖에 안 되는 그 짧은 문장 속에 답이 있을 것만 같았다.

"어떤 사람이었을까요?"

"네?"

스크린만을 응시하던 그녀의 뒤통수에서 목소리가 들려왔

다. 시선이 환기된 그녀는 뒤를 돌아보았다.

"아니, 사람들을 보면서 이것저것 생각하고 있었어요. 우린 전생에 누구였을까, 하고."

"아……."

빙글빙글 빠르게 돌아가는 그녀의 눈은 이미 뒷자리에 앉아 자신에게 말을 건 사람을 관찰하고 있었다. 재킷 차림에 번지르르한 머리, 구부정하게 앉아 목을 치어들고 앞을 보는 귀공자 태 나는 남자. 그런 사람이 그녀에게 말을 걸었다.

"혹시 그쪽도 오늘이 예약일이세요?"

"네에……." 그녀는 얼떨떨하게 대답했다. "그쪽은요?"

"저는 오후 예약인데, 못 참고 일찍 와 버렸어요."

남자는 그 말을 할 때만큼은 얼굴이 아이처럼 순수한 눈웃음으로 변했다. 얼떨떨해하던 그녀도 입꼬리가 살짝 올라가며 알 듯 말 듯한 표정이 됐다.

"그래서, 무슨 생각을 했어요? 전생의 자기 자신?"

돌아간 고개에 몸통을 맞추면서 그녀가 물었다.

"뭐, 그렇죠. 전생의 나는 어떤 삶을 살았을까 하는 거요."

"저도 그래서 오늘 너무 기대돼요. 그쪽의 전생은 어땠을 것 같으세요?"

그 질문에서 남자는 잠깐 뜸을 들였다.

"……따스함."

"네?"

"따스함이 가득한 일생이지 않았을까, 하는 제 희망 섞인 예측이에요. 어느 시대에 어디에서 살았든, 운명의 사람과 함께하고 사랑할 수 있었던 삶이었으면 좋겠어요."

말이 끝난 자리에는 고요한 입가에 미소만이 남았다. 남자를 빤히 바라보며 그녀는 무엇인가 말을 하려고 했지만, 멀리서 주은결 님, 하고 부르는 소리에 열렸던 그녀의 입은 다시 다물어지고 말았다.

"저, 이제 가 봐야 돼요." 소리가 난 쪽을 엄지로 가리키며 그녀는 어색한 웃음과 함께 말했다. "가 볼게요. 안녕히 계세요."

서둘러 인사를 건네고 뒤돌아 걷기 시작한 그녀였다. 하지만 이동하는 내내 그녀의 얼굴엔 이상하게도 남자의 미소가 떠나지 않았다. 자신의 이름을 부른 직원 앞에 마주 섰을 때도, 직원의 안내에 따라 들어간 방에서 엔지니어와 인사를 했을 때도 그녀의 입가에는 줄곧 묘한 실실거림이 남아 맴돌고 있었던 것이었다.

그녀의 그런 얼굴은 기록실로 들어간 그녀가 안에 있던 커다란 기계와 마주앉았을 때에야 비로소 변했다.

"이거, 제가 생각하는 그거 맞아요?" 호기심으로 기계를 살펴보던 그녀는 흥분으로 달궈진 얼굴로 엔지니어를 향해 외쳤다. "와아! 제가 진짜 이 순간을 얼마나 기다렸는데요!"

"비용 내고 이용하러 오신 제품이 맞습니다. 좌석에 맞춰 누워 주시죠."

그녀의 마음을 아는지 모르는지 엔지니어는 무심하게 툭 내던질 뿐이었다. 일 초라도 빨리 전생을 보고 싶은 마음뿐인 그녀는 뒤로 쭉 젖혀진 좌석에 등을 내던졌다.

엔지니어는 그녀의 머리에 무언가를 씌우고 의자에 고정시킨 뒤 기록실을 나가더니, 유리창 너머의 방에서 모습을 드러냈다.

"아아, 잘 들리십니까?"

마이크를 거친 둔탁한 육성이 기록실 스피커에서 울려 퍼졌다.

"네, 들려요!" 유리창으로 고개를 돌린 채 그녀가 외쳤다.

"좋습니다. 여행을 시작하시기 전에 먼저 알아두셔야 할 사항을 몇 가지 말씀드리겠습니다. 먼저 여행은 한 번에 한 개의 전생으로만 떠날 수 있다는 점을 알려드립니다. 만약 여행자 분께서 전생 여행을 마치신 뒤에, 그 이전에 있었던 다른 전생들도 보고 싶다고 한다면 다시 비용을 내고 일정을 잡으셔야 합니다."

종이로 된 페이지가 넘어가는 소리가 잠깐 마이크에 잡혀 흘러나왔다.

"다음으로, 전생 여행의 동반자, '더 타임머신'의 정확성에 대해 말씀드리겠습니다. '더 타임머신'을 통한 전생 여행은 그 진위를 세계 각지의 수많은 학자들에게 검증받았으며, 100개국이 넘는 전 세계의 고객들로부터……"

국어책 읽듯 정확하고 형식적이게 엔지니어는 회사의 제품을 칭찬하는 말들을 긴 시간 쏟아내었지만, 그 중에 그녀에게 유용한 정보라고는 전생 여행의 시간적 거리와 정확도는 반비례한다는 것 정도였다. 더 과거의 전생을 불러올수록 전생 체험의 정확도는 그만큼 떨어진다는 것을 회사는 지금까지의 '더 타임머신' 가동으로 확인하였으며, 이에 정확한 체험을 바라신다면 현생의 '바로 이전 생'으로 여행을 떠나시기를 본사에서는 권고하는 바였다.

"질문 있나요?"

낭독을 끝마친 듯 엔지니어가 그녀 쪽으로 시선을 던지며 물었다. 빨리 여행을 시작하고 싶었던 그녀는 얘기가 언제 끝나는지만 기다렸다는 듯 바로 대답이 나왔다.

"없어요. ……시작해도 되죠?"

"잠시만 기다려 주세요."

삑삑거리는 입력음의 컴퓨터 자판을 두드리는 소리가 몇 번 나더니, '더 타임머신'의 전원이 올라간 듯 웅 하는 시동음이 그녀가 있는 방을 바닥부터 천장까지 메우기 시작했다.

좌석에 누운 온 몸으로 전해지는 진동을 느끼며 그녀의 마음도 기지개를 켰다. 커지는 기계음을 따라 그녀의 희망도 부풀어 오르고 있었다.

"이제 제가 뭘 하면 되나요?"

엔지니어가 뭐라 말을 하지도 않았는데 선수를 치는 그녀였다. 유리창 쪽을 바라보며 크게 외쳤지만 남자는 인상만 구긴 채 자기 할 일을 하는 듯 자판만 두드렸다.

"전생에서 가장 보고 싶은 순간을 하나만 골라 주세요."

잠시 뒤 마이크를 다시 잡은 그가 말했다.

"가장 보고 싶은 순간이요?"

"보고 싶은 순간을 정하시면 타임머신이 고객님을 그때로 데려가 드릴 겁니다."

남자는 그녀가 누운 좌석 쪽을 유리창 너머로 바라보며 확고한 눈빛으로 말했다.

"그냥 다 보면 안 되나요? 보고 싶은 게 너무 많은데."

"하나만 가능합니다. 다른 순간도 보고 싶다면 비용을 더

내서야 합니다."

"아우……."

주은결은 한숨을 내쉬었지만 엔지니어의 단호함에 가로막혀 더 이상 토를 달 수는 없었다.

"그럼 사랑하는 사람과 함께했던 시간을 보고 싶어요. 가장 행복했던 순간으로 데려가 주세요."

"……알겠습니다."

잠시 그녀를 빤히 쳐다보던 남자는 대답과 함께 자판을 두드리기 시작했다. 이제는 뭔가 진짜로 되려는 듯 기계음의 톤이 한 층 한 층 달라져 갔다.

"출발하기 전에 한 가지, 눈을 감는 것이 도움이 될 겁니다."

반사적으로 그녀의 눈꺼풀이 툭 내려갔다.

위잉위잉거리는 시끄러운 소리가 그녀의 귓길을 가득 채우고 있었다. 홍수처럼 밀려오는 소리에 그녀의 와우관은 서서히 잠겨 갔다. 그러다 어느 순간, 주위의 소리가 아주 먼 곳에서 아른거리듯이 먹혀서 들리는 구간이 있었다. 시끄러움은 더 이상 그녀를 자극하지 못했고, 소음 속 편안한 적막에 그녀는 빠져 누웠다.

"들리십니까?"

멀리서 남자의 목소리가 그녀를 부르고 있었다.

"소리가 너무 작아요."

엔지니어의 말을 제대로 듣기 위해 그녀가 좌석에서 고개를 떼려 하자 주위의 소음이 다시 그녀 속으로 찔러 들어왔다. 그녀는 반사적으로 다시 고개를 젖혀 누웠다.

"신체의 감각 신호가 차단되는 구간에 이르신 겁니다. 소리가 작게 들리는 그 느낌을 유지하려고 해 보세요. 그 상태에서 전생을 불러올 겁니다."

남자가 자판을 두드리는 소리가 한동안 이어지더니 이제는 눈앞에도 뭔가 아른아른하는 느낌이 들었다. 분명 눈을 감고 있었지만 그녀는 볼 수 있었다. 기록실의 조명. 몸뚱이가 누운 의자. 창 너머에서 모니터를 뚫어져라 쳐다보는 엔지니어의 얼굴까지……. 암실이 된 안구 너머로 눈꺼풀 바깥의 세상이 들어오고 있었다!

"이게 뭐죠? 뭐가 자꾸 보여요."

눈앞에 아른거리는 상을 향해 그녀는 눈을 감은 채로 손을 뻗어 휘저으며 말했다. 다시 마이크를 잡는 엔지니어의 모습이 그녀 손에 잡힐 듯 들어왔다.

"움직이지 말고 가만히 계세요. 가만히 있어야 제대로 보일 겁니다."

남자는 무언가 작업을 마무리하듯 키보드 입력음을 몇 번 더 내더니 다시 와 말했다.

"자, 심호흡을 한 차례 하신 뒤 무엇이 보이는지 말씀해 주세요."

"……이 방이 내려다보이는데요?"

"좋아요. 이제 본인이 새라고 한번 마음속으로 그려 보세요. 어디든 날아갈 수 있는 새가 되었어요. 천천히 날아가 봅시다."

기록실의 모습이 점점 그녀에게서 멀어져 갔다.

"자, 이제 무엇이 보이나요?"

"어어, 여기는… 제가 아까 있던 대기실이네요."

"좋습니다. 바깥으로 날아가 봅시다. 무엇이 보이나요?"

"……이곳의 건물이 보여요."

"본사의 모습이 보이는군요. 잘하고 있어요. 저 멀리 한번 날아가 볼까요?"

"어……."

의식의 흐름과 같이 그녀가 있는 공간이 빠르게 미끄러져 갔다. 본사 건물은 순식간에 밀려나 빌딩 숲 속에 파묻혔고, 도시의 전경은 재빨리 줄어들어 구름 밑으로 숨어들어 갔다. 그 구름마저도 아득히 멀어지자 그녀의 눈꺼풀 속에서 관찰되는 건 하늘의 모습밖에 없었다.

"하늘이 어두워지고 있어요……. 별이 빛나네요."

"대기권을 벗어나고 계신 겁니다. 땅의 모습을 관찰해 보세요."

바닥으로 시선을 돌리자 지표면에 굴곡이 보였다. 밀려날 대로 밀려난 지평선은 땅 너머로 매끄럽게 사라져 있었고 그 이후엔 땅 바깥의 공간이 보이기 시작했다. 땅은 둥글게 끝나 있었다.

"지구가…… 보이네요. 땅이 아니라…."

지구의 모습을 이렇게 가까이서 보는 것은 처음이었다. 늘 지구가 둥글다고는 들었지만 보이는 것은 평평한 지면의 연속일 뿐이었다. 그 땅의 진정한 모습, 둥근 공 모양으로서의 대지를 그녀는 난생처음으로 실감하며 전율을 느끼고 있는 것이었다.

"지구를 계속 바라보면서 뒤로 멀어져 간다고 생각해 보세요."

점점 그녀의 시야에서 지표가 차지하는 영역이 줄고, 그 공간을 아득한 검정색이 덮어 갔다. 지구라는 거대한 동그라미가 시나브로 한 눈에 들어오기 시작했다.

"자, 이제 그만 멈추고, 가만히 서서 행성을 바라봅시다."

어느 정도 지구가 잘 보이는 위치까지 멀어졌을 때 남자는 그녀에게 멈추라고 지시했다. 그녀는 주위를 둘러보았다. 진짜 보이는 것인지 가상현실 같은 것인지 혼란스러웠지만 그녀가 고개를 돌리려 함에 따라 우주라는 천구의 각기 다른 부분들이 그녀 시야 속으로 돌아들고 있었다.

텅 빈 공간에서 그녀 혼자 부유하는 중이었다. 그녀를 인도할 수 있는 것은 이 공간 밖에서 들려오는 한 엔지니어의 목소리뿐이었다.

"이제 뭘 하면 되죠?"

그녀는 보이지도 않는 허공에 대고 외쳤다.

"지구를 바라보는 채로 고개를 고정한다 생각해 보세요. 그 상태에서 옆으로 움직인다고 상상을 해 보는 겁니다. 빛의 속도로 움직인다고 상상하세요."

별안간 공간이 붕괴하는 듯했다. 지구의 모습이 마치 초콜릿 케이크를 벽에다 던지고 좌우로 문지르는 것과 같이 형태가 일그러지고 옆으로 번지기 시작했다. 전 우주가 통째로 번지고 있었다.

"무슨 일이 일어나는 거죠?!"

당황한 그녀가 소리쳤다. 공간 밖에서는 계속 지구의 모습에 집중하라는 말만 들려올 뿐이었다.

그녀는 무너지고 있는 것 같은 공간 속에서 반죽이 되어

가는 지구를 지켜보았다. 물렁한 도우처럼 변해 찰랑거리던 행성은 좌우로 끝없이 늘어나더니 무한한 우주를 가로지르는 하나의 엿가락이 되어 버렸다. 모든 것이 이제는 선으로 보였다. 우주가 광섬유 다발이라도 된 것마냥 하늘에는 무한대로 늘어진 찐득한 광선만이 어두운 배경을 수놓고 있을 뿐이었다. 천체들의 동그랗던 모습은 온데간데없었다.

"지구. 지구를 놓치지 마세요. 우리가 있는 행성을 쭉 따라가는 겁니다."

광선들의 축제 사이에서도 그녀의 눈은 푸릇푸릇하고 파르스름한 그 한 가락을 놓치지 않았다. 끝없는 길이의 막대를 따라 쭉 미끄러지는 자신의 시선을 느끼며 그녀는 자신이 어느새 그 막대 위에 올라타 광활한 우주 저 너머로 떠내려가고 있음을 알아차렸다.

"도와주세요! 떠밀려가고 있어요!"

"전생의 지구를 찾아가고 있는 겁니다. 길을 따라서 간다고 생각해 보세요. 때가 되면 멈출 겁니다."

지구 위에서 미끄러져 가는 동안 그녀의 눈에 여러 행성이 보였다. 자기만의 빛깔과 굵기가 보이는 걸로 보아 인근에 있는 천체인 것 같았다. 막대들을 하나하나 짚으면서 그녀는 목성…… 화성…… 이렇게 행성의 이름을 되뇌었다. 아주 굵

직한 몸체에서 눈이 따가울 정도의 광채를 뿜어내며 존재감을 과시하는 막대도 있었다. 태양임이 분명했다.

그런데 또 이상한 일이었다. 같은 막대가 또 지나가는 것이었다. 사실, 아까부터 주위에서는 같은 배경의 연속만이 거듭해서 그녀의 눈언저리를 따박따박 스쳐 지나고 있었다. 그녀도 내심 알고 있었다. 가도 가도 똑같은 풍경뿐이라는 것을. 마치 아무리 움직여도 계속 지구 근방의 그 얼마 안 되는 공간만 지나고 있을 뿐이지, 그곳을 벗어나 태양계 바깥으로 나아가지는 못하는 것 같았다.

"왜 계속 보이는 행성들만 보일까요? 가다 보면 다른 천체들도 보여야 하는 것 아니에요?"

"지금 고객님께서는 공간을 지나 이동하시는 게 아닙니다. 시간을 지나 이동하시는 것이죠."

말이 끝나기가 무섭게 모든 움직임이 멈춰 섰다. 지구와 다른 천체들은 다시 원형으로 돌아와 있었다.

"전생의 지구입니다."

그녀는 자신의 앞에 또 한 번 놓인 그 푸르른 행성을 바라보았다.

"다 온 건가요? 여기가…"

"전생의 고객님이 지내시던 삶의 터전입니다. 지금보다 훨씬 더 청명한 행성이었죠."

조각조각 반짝이는 푸른 심연의 바다가 태양빛을 받아 선명한 풍채를 드러냈다. 그녀는 빠른 눈으로 파랑과 파랑 사이 녹빛의 대지를 훑었다. 육지의 모양은 지금과 크게 달라 보이진 않았지만, 해가 진 지역에서 우주 공간에서도 보인다는 도시의 네온사인 빛은 눈에 드는 게 없었다.

"지금이 언제예요?"

문득 그녀는 궁금해져서 물었다.

전생의 정확한 연도는 알 수 없으며, 여행자가 묘사한 내용을 토대로 대략적인 시기를 추정할 뿐이라는 답이 돌아왔다.

"현재가 몇 년인지를 기록한 표지를 여행 중에 맞닥뜨린다면 확실한 단서가 되겠지만, 옛날에는 글을 쓸 줄 모르고 살던 사람들이 대부분이었기 때문에 보통 여행에서 그런 것과 조우하길 기대하는 것은 현실적으로 어렵습니다. 그렇지만 보이는 것은 모두 최대한 묘사해 주셔야 합니다."

"알았어요. 이제 어떻게 하면 제 전생을 볼 수 있죠?"

"숨을 들이쉬고 지구의 대지와 호흡을 같이한다고 생각해 보세요. 땅이 삶을 알려줄 것입니다."

그녀가 호흡을 들이키고 들숨에 집중하자 사방이 고요해졌다. 보이는 것도 들리는 것도 없이 숨의 들고 나감에 온 신경이 쏠려 있을 때 문득 어딘가로 빨려 가는 느낌이 들더니 정신을 차렸을 때는 이미 중천의 태양 아래 궁의 한가운데였다.

"왔어요! 된 것 같아요."

"무엇이 보이세요? 이 부분을 말씀해 주셔야 합니다."

"무슨 궁이에요. 궁궐이 내다보이는 넓은 공간에 서서 무언가를 하고 있어요."

"무엇을 하고 있나요?"

"……널뛰기예요. 제가 한쪽에 서 있고, 널빤지 반대편엔 그 아이가 있어요. 서로 한 번씩 번갈아가며 하늘로 올라가요……."

"그 아이가 누구죠?"

"그 아이도 저도 웃고 있어요. 누가 더 높이 가나 대결이에요. 계속 떨어지고 계속 올라가요. 공중에 떠 있는 기분이 너무 좋아요……."

그녀는 여기서 장면의 변화를 목격한 듯 새로운 장면을 해석하기 위한 시간을 벌려 고개를 갸웃거렸다.

"무슨… 뛰어넘기 같은 걸 하네요. 그 아이랑 단둘이……. 잘은 모르겠지만 그 아이랑 놀고 있어요."

"그 아이에 대해 아는 것을 말씀해 주셔야 합니다."

"그 아이는 왕세자예요. 그리고 저는…… 아, 이제 나오네요. 저는……."

닫힌 그녀의 눈꺼풀이 뭔가 잘 안 보이는 듯 찡그려졌다.

"……저는 춤을 추고 있어요. 어느새 커버린 그 아이 앞에서 춤을 춰요. 주위엔 다른 사람들도 있어요. 저는 무희예요."

"무희요?"

"춤을 추다 그 아이와 눈이 마주쳤어요. 내가 바라보자 싱긋 웃고 있어요. 웃는 모습이 마치……."

그녀가 어안이 벙벙한 듯 계속 쳐다보는 사이 장면은 다음으로 넘어갔다. 엔지니어는 조바심이 나 재촉했다.

"왜요? 무엇이 보이는데요?"

"……달빛이 내린 밤 그 아이가 저에게 몰래 찾아왔어요. 심각한 얼굴이에요. 결혼 얘기가 나왔대요. 타국의 공주랑……."

말을 하는 그녀의 얼굴이 차츰 어두워졌다.

"그 아이는 도망갈 생각을 하고 있어요. 저랑 함께할 수 있다면 왕위는 필요하지 않다고 말해요. 정말 굳게 결심을 한 것 같아요."

"그래서, 어떻게 되나요?"

"약속한 날이 되어 그 아이랑 만났어요. 아무도 안 보는 곳에서 만나 문지기의 도움을 받고 궁에서 나올 수 있었어요. 궁에서 나오는 내내 그 아이랑 꼭 붙어서 달음박질하듯 총총 뛰어서 달렸어요. 달리는 동안 그 아이의 품에 안겨 올려다본 그 얼굴이 너무 선해요……."

"그렇게 도망에 성공한 건가요?"

엔지니어의 질문에 그녀의 입꼬리는 슬픔으로 물들어 떨어졌다.

"궁에서 나왔지만 그 뒤로는 그 아이도 저도 어떻게 해야 할지 몰라요. 우리 둘 다 궁 밖에서는 살아본 적이 없는 사람들이에요. 겨우 한 누추한 집에 신세를 져 몸을 숨기는 데는 성공하였지만 소문이 새나가는 건 막을 수가 없었어요. 며칠 만에 발각돼 다시 궁으로 끌려와 왕의 앞에 꿇어앉혀졌죠."

얘기하는 동안 닫힌 그녀의 눈꺼풀 속에서는 눈물이 흘러내리고 있었다.

"저는 이미 거기서 죽은 목숨이었어요. 그런데 그 아이는 끝까지 왕의 명을 거부하고 저와 같이하겠다고 하더라고요. 제 목을 칠 거라면 자기 목도 같이 치라고 하는 거예요. 저는 그 아이에게 제발 그러지 말라고 애원했어요. 하지만 아무리 말해도 그 아이는 고집을 꺾지 않았어요. 살아서도 같이, 죽어서도 같이… 그게 그 아이의 말이었죠. 마지막까지도 저를 보며 그렇게 되뇌었으니까요. 왕의 말을 거역하는 자에게 자비란 있을 수 없었어요. 설령 그게 왕세자라고 해도……. 제 전생의 이야기는 그렇게 끝나요. 사랑하는 사람과 끝까지 함께했던 삶이었네요……."

무너진 수도관처럼 멈출 줄 모르고 새어나오는 눈물 위로 기록실의 조명이 한층 밝아 왔다. 기계음이 멎은 자리의 적막함 속에서, 지나버린 이미지의 여운을 좀 더 느끼고 싶었던 그녀도 결국에는 눈을 떴다. 힘없이, 말없이 누워 있던 그녀에게 엔지니어는 다가왔다.

"여행은 어떠셨나요?"

그녀는 긴장이 전부 풀어져 축 늘어진 얼굴로 힘겹게 자리에서 일어났다. 자리에서 일어나 앉는 데까지는 성공하였지만 일어서서 걷기까지는 소정의 시간과 부축이 필요했다. 기록실을 나갈 때쯤 되어 혼자 걸을 수 있게 된 그녀는 엔지니어에게 물었다.

"근데 전생에서 본 사람의 얼굴은 진짜 그 사람의 얼굴이에요?"

"무슨 말씀이시죠?" 엔지니어는 질문의 의도를 몰라 되물었다.

"아까 본 그 아이, 제가 여기 오기 전에 대기실에서 봤던 어떤 사람과 똑 닮았어서요. 그 사람 얼굴이 기억에 남아 있다가 전생을 체험할 때 투영되어 보였던 건 아닐까요?"

엔지니어는 번뜩 멈춰 섰다.

"그런 경우는 처음 듣네요. 전생 여행에서 보는 모든 것들은 실제의 모습이라고 알려져 있습니다. 만약 현생에서 봤던 사람의 얼굴이 전생 여행에서 나타났다면, 정말 닮은 사람이거나 진짜로 그 사람과 만났던 것일 겁니다."

"정말이에요…?"

"현생의 기억이 전생에 투영되어 나타났다는 사례는 들어본 적이 없습니다. 대기실에서 봤다는 그 사람, 전생 여행객인가요?"

"네. 오후에 예약이 잡혀 있댔어요."

"그렇군요…. 그 분의 여행도 제가 한번 참관해 봐야겠습니다."

엔지니어는 의미심장한 얼굴을 하며 생각에 잠긴 듯 그녀의 주위를 지나쳐 갔다. 방을 나설 때 직원의 안내에 따라 돌아가시라는 말을 툭 던진 것을 끝으로 그는 주은결의 시야에서 빠르게 사라졌다. 그녀가 조금 전까지 겪었던 일들에 비하면 너무나 빠른 퇴장이었다.

혼자 남은 그녀는 대기실의 그 남자를 떠올렸다.

"대체… 어떤 사람이었던 거예요…?"

# 2

## 그 남자의 전생

　대기실의 그. 그녀가 보았던 그 남자는 그 시각 근처의 한 카페에서 목을 축이고 있었다.

　속으로 넘어가는 음료의 맛은 달았지만, 그가 잠겨 있는 생각의 달콤함에는 비견될 것이 아니었다. 그는 꿈에 부풀어 있었다.

　올해로 스무 번째 생일을 맞는 그. 돌이켜봤을 때 순탄한 인생은 아니었다.

　학교에 들어가기도 전부터 위탁 가정에서 자랐다. 그에게 학창 시절 친구란 것은 없었다.

　세상이 자신을 버렸다고 느끼며 방황했던 그였다. 자신의 좋았던 어린 시절의 행복을 앗아간 모든 이들이 원망스러웠다. 그에게 기쁨, 행복, 희망과 같은 단어들은 추억 속 저편에 나 켜켜이 쌓인 먼지 아래서 색이 바랜 사진의 형태로 간간히 발견될 뿐인 낡은 기록물에 불과했다. 그는 늘 그 사진 속으로 돌아가려 애썼고, 그때마다 세상은 이미 훌쩍 커버린 그의 몸뚱이를 내치곤 했다. 그에게 돌아갈 곳은 없었다. 앞으로 나아갈 희망도 없었다. 꿈도, 지향점도 없는 혼돈만이 그에게 내몰아질 방향을 일컬어 주는 이정표였을 뿐이었다.

예약한 시간이 다가오고 있었다. 잔을 기울이는 그의 손이 서두름으로 내용물을 입속에 부어넣었다. 빨리 본사로 돌아가야 했다. 그의 마음은 벌써 카페를 나와 달리고 있었다.

타임머신을 착용하는 순간이 일 초라도 빨리 왔으면. 시간이 필름의 형태라고 한다면 그는 그 필름을 잡아끌어서라도 어서 그 순간에 이르고 싶은 마음뿐이었다. 얼른 계산을 하고 나와 본사 쪽으로 걷기 시작했다. 뜀박질이 되기 일보 직전의 빠른 걸음이었다.

여행의 설렘에 젖어서 걷다 보니 본사 건물은 금방 모습을 드러냈다. 아직 여유 시간은 조금 있었다. 그는 차라리 그가 시간에 딱 맞춰 도착한 것이기를 빌었다. 그럼 들어가자마자 전생으로 떠날 수 있을 테니. 10분 남짓한 대기 시간이 그에게는 고문과 같은 순간이었던 것이었다.

드디어 그의 이름이 불리고 그는 한걸음에 달려갔다. 안내에 따라 들어간 기록실에서 그의 여행을 담당할 엔지니어와 조우했다. 젊은 여성이었다.

"고은영이라고 합니다. 반가워요."

그녀는 첫선부터 기세등등하게 손을 내밀어 팍 하고 악수를 청했다. 양손으로 꼭 쥐어 그녀의 악수를 받은 그에게는 그 손이 마치 구세주의 손길과 같은 존재였다. 그는 이미 마음속에선 그녀 앞에서 무릎까지도 꿇고 눈물을 흘리며 감사의 찬미를 읊어 올리고 있었다.

"방으로 들어가시죠. 편안한 여행을 위해 의자에 앉아 즐겨 주세요."

사람을 편안하게 만드는 목소리로 엔지니어는 그를 기록실 안까지 이끌었다. 타임머신 앞에 선 그는 바짝 동그래진 두 눈으로 기기 주의를 한 바퀴 돌고는, 자기 때문에 출발이 늦어질라 얼른 전생으로 가는 버스의 좌석에 올라 드러누웠다.

"눈을 감아 주세요."

그녀는 여행객의 눈을 감게 한 채로 컴퓨터실에서 간단한 준비 작업을 마쳤다. 마지막 자판을 꾹 찌르듯 떨궈 두드린 그녀는 유리창 너머의 남자를 향해 마이크로 여행 상품의 간략한 설명을 전했다. 그러고는 전생에서 가장 보고 싶은 순간을 골라 달라고 주문했다.

"역시 사랑의 순간이겠죠. 운명의 사람과 함께했던 시간이요."

과연 그의 대답은 한 치의 어긋남도 없었다. 마침 엔지니어가 있는 컴퓨터실의 문이 열리고 누군가 걸어 들어왔다. 주은결의 여행을 담당했고 이제 그의 여행을 참관하러 온 엔지니어였다.

"어떻게 돼 가고 있어요?"

"때맞춰 잘 왔어요. 막 시작하려던 참이에요."

고은영 박사는 그에게 얼른 문을 닫고 앉으라는 손짓을 보냈다. 착석한 그들은 유리 너머로 누워있는 여행객의 모습을 응시했다.

"자, 이제 몸이 붕 뜨는 느낌이 들 겁니다. 눈을 뜨지 않으셔도 돼요."

엔지니어는 차분한 목소리로 자신의 여행객에게 지시 사항을 일렀다.

"눈을 감은 채로 천천히 주위를 느껴보세요. 주위 모습이 어떤지, 내가 지금 어디에 있는지, 닫힌 눈꺼풀 속에 떠오르는 대로 가 보는 거예요."

그녀가 이끎에 따라 남자는 건물을 벗어나 대기권 바깥으로 나가는 데까지는 성공했다. 이제 남은 것은 현재를 벗어나는 일이었다.

"어떨 것 같아요? 진짜로 그 사람이 맞는 것 같아요?"

그녀는 마이크를 가린 채 옆에 있는 동료에게 물었다.

"글쎄요. 만약 이 사람이 제 담당 고객과 전생에 연인 관계였다면, 우리는 곧 궁에 살며 무희와 눈이 맞은 왕세자의 이야기를 듣게 될 거예요. 미리 말씀드리지만, 해피엔딩은 아니었죠."

"그럼 그 사람이 아니었으면 좋겠네요. 이 사람 괜찮아 보이던데."

"일단 가 보는 수밖엔 없겠어요. 이들의 이야기가 어떻게 펼쳐지는지 한번 보자고요."

힘찬 끄덕임과 함께 고은영 박사가 자판을 두드리자 좌석에 누운 남자의 눈꺼풀이 떨리듯 들썩거렸다. 그의 눈 속에선 이미 지구가 반죽이 되어 시간을 거꾸로 흐르는 가락과 함께 어딘지도 모를 심연으로 빨려가는 이미지가 펼쳐지고 있었다.

"벗어나지 말고 길을 따라서 가게 미끄러지듯 놔두세요. 그 길이 전생을 불러올 겁니다. 과거로 가는 거예요."

그녀는 바로 고개를 돌려 옆에 있는 동료에게 물었다.

"그 여자분은 언제까지 돌아갔대요?"

"잘은 모르겠지만, 조선 시대 이전인 것 같아요. 평생을 궁에서만 살았었다고 하는 걸 보니 근대는 절대 아니에요."

"그럼 갈 길이 멀겠군요."

자판에 손을 올린 채로 그녀는 유리창 밖의 남자를 물끄러미 넘어다보았다. 경련을 일으키듯 몸을 이따금씩 비틀던 남자는 그리 오랜 시간이 지나지 않아 움직임이 잦아들었다.

"어때요? 뭐가 보이나요?"

그녀는 마이크를 통해 소통을 시도했다. 대답은 금세 돌아왔다.

"……지구네요. 제가 방금 떠났던 그 행성."

"과거의 지구에 오신 겁니다. 전생의 고객님이 계신 그곳이죠."

한창 심각했던 표정이 풀리며 미소를 띤 고은영 박사가 말했다. 방 안의 분위기도 한층 고무되면서 두 엔지니어 사이에는 회심의 미소가 오갔다.

"이제 어떻게 하면 되나요?" 남자는 여전히 눈을 감은 채 꿈을 꾸듯 허공에 대고 읊조리듯 말했다.

"숨을 천천히 들이쉬세요. 전생의 자기 자신과 하나가 되어 그의 삶을 체험하는 거예요. 하나, 둘… 하나……. 숨이 천천히 들어갑니다. 몸을 내어맡기세요."

그녀의 지도에 따라 남자는 호흡을 했고, 곧이어 눈꺼풀로 덮인 안구 속에서 무언가 지직이듯 빛나기 시작했다.

"무엇이 보이세요? 놓치지 않고 다 말씀해 주셔야 해요."

남자에게서 뭔가 반응이 보이자 다급해진 박사가 말했다.

"나무······. 무슨 야자수 나무 같아요···."

"나무요?"

"네. 근데 진짜 나무는 아니에요. 나무처럼 생겼는데 뭔가 지지직거리네요."

두 엔지니어는 서로를 바라보았다.

"뭘 말하는 걸까요?" 박사는 미간을 찌푸린 채로 동료에게 의견을 물었다. 동료는 자기도 모르겠다는 뜻으로 고개를 저었다.

"야자나무 같은 게 보인다고 하는 걸 보니⋯ 우리나라는 아닌 걸까요? 일단 제 담당 고객은 이런 묘사를 한 적이 없어요. 이거, 현생의 바로 이전 생 아닌가요?"

"여기서는 항상 고객들에게 바로 이전 생으로 여행하게끔 유도하는 거 알잖아요. 그분도 바로 이전 생이었을 텐데요?"

"네."

"그럼 이건 다른 삶인 걸까요?"

"글쎄요……. 일단 좀 더 들어 봅시다."

남자는 여전히 누워 있는 채로 상황을 전달하고 있었다.

"벽이 빛나고 있어요. 자꾸 모양이 변하네요…. 그 안에 뭔가 들어 있는가 봐요……."

남자의 구술에 두 사람은 더욱 오리무중이었다. 서로 당혹감을 감추지 못한 낯빛으로 시선을 교환할 뿐이었다.

"어… 조금 더 자세히 묘사해 주시겠어요?" 갑갑함을 참다 못한 박사가 마이크에 대고 한 마디 했다.

"벽이 열려요. 문이었나 보네요. 그 안에는…… 어, 무슨 무대 같이 생긴 게 내려오네요."

"무대요?"

"제가 무대 위에 올라요. 한 사람이 같이 오르네요. 저랑 같은 옷을 입고 있어요."

"누군데요?"

"그 사람은…… 이럴 수가……."

"왜요?"

"아까 봤던 사람이에요. 여기 오기 전에 있던 대기실에서 이 사람하고 이야기를 나눴어요. 그때 그 사람하고 똑같이 생겼어요!"

"여기 오기 전에요?"

고은영 박사는 재빠르게 고개를 돌렸다.

"그 사람인가요?" 그녀는 동료에게 재차 물었다. 동료도 얼어붙은 표정으로 답했다.

"제 담당 고객도 이 사람과 만났다고 했어요. 대기실에서……."

"그럼 이게 어떻게 된 일이죠?"

박사의 질문에 남자도 무슨 영문인지 몰라 곤혹스러워했다.

"두 사람이 모두 바로 이전 생으로 간 거 맞죠?"

"다른 전생으로 가지 않는다니까요."

"그런데 왜 전생의 모습이 다른 것이죠?"

"저도 모르니까 물어보는 것 아니에요!"

두 엔지니어가 언쟁하는 사이 여행자는 조곤조곤 자신에게 보이는 것들을 읊어내기 시작했다.

"무대는 엘리베이터였어요. 스위치를 누르니 올라가네요. 엄청나게 빠른 속도에요. 이런 건 처음 타 보는데요."

남자는 눈을 감은 채 엘리베이터의 가공할 속력을 체험하고 있었다. 그의 동공이 지진이라도 난 듯 흔들리기 시작했다.

"무슨 일이죠?" 여행자의 수상한 반응을 목격한 박사가 마이크로 돌아와 물었다.

"……우주까지 올라왔어요…."

"우주요?"

믿지 못하겠다는 눈빛으로 박사가 마이크를 쏘아붙이듯 외쳤다. 그러고 나서 그녀는 동료 쪽으로 고개를 돌려 이번엔 그를 쏘아봤다.

"이거 장치의 결함 아닌가요? 시동 전에 점검 사항 다 확인했어요?" 동료 엔지니어는 장비의 오류를 의심했다. 그녀는 단호하게 고개를 저었다.

"결함은 없어요. 현재 기기도 정상 작동하는 중이에요. 이런 경우 본 적 있어요?"

"전생이 우주여행 태동기였던 60년대인 피험자는 있었죠. 달 착륙을 TV에서 보았다고 하더라고요. 사람마다 환생하는 데 걸리는 시간은 다르니까, 이 피험자가 전생에 우주여행 시대에 태어났다고 해도 없을 법한 일은 아니긴 해요. 하지만…."

"하지만…."

고은영 박사는 너무 복잡해서 금방이라도 터져 버릴 것 같은 머리를 붙잡고 길게 한숨을 내쉬었다.

"저기, 지금 일어나는 일들을 자세히 묘사해 주시겠어요?"

심란한 얼굴로 그녀는 마이크에 대고 말했다. 남자는 안 그래도 이미 눈꺼풀 안쪽에서 벌어지는 자신만의 다큐멘터리 영화를 쉼 없이 중계하고 있었다.

"엘리베이터가 우주까지 올라왔어요. 우주 정거장이 보여요! 궤도에 있는 정거장에 가는 엘리베이터인가 봐요."

들으면 들을수록 황당무계한 전개에 두 엔지니어는 그저 서로를 바라볼 뿐이었다.

"정거장에 들어왔어요. 우리 둘은 우주 정비사인가 봐요. 정거장에 문제가 생겨서 그걸 복구하러 우리가 올라간 거였네요."

도저히 믿을 수 없다는 얼굴을 하며 고은영 박사가 고개를 가로저었다.

"도대체 저 안에서 무슨 일이 일어나고 있는 걸까요?" 유리 너머 기록실을 아득히 응시하며 그녀가 말했다. "기기 오작동이라기엔 묘사가 너무 디테일해요. 이런 건 처음 봐요."

"그렇다면 우리는 이 묘사를 인류의 한 과거로서 받아들일 수 있을까요? 만약 이것이 진짜 전생의 이미지라면, 인류는 역사 속에서 과거에 우주 엘리베이터가 있었다는 얘기가 되는데요."

두 사람은 유리 반대편에서 들려오는 이야기를 인정도 부

정도 못 한 채로 그저 지켜볼 수밖에 없는 것이었다. 여행자는 계속 입을 뗐다.

"그런데 엘리베이터에서 올라오면서 우리 둘이 이야기를 했어요. 반지……. 반지를 바라보며 속삭였던 것이 기억이 나요. 올라오면서, 그 긴 시간 동안… 반지를 두고 영원한 맹세가 있었죠. 평생을 함께하잔 약속이었어요."

고은영 박사는 옆을 흘깃 째리면서 마이크에 안 들리게 조용히 얘기했다. "그 여자분도 막 이랬다면서요." 동료는 조용히 고개를 끄덕였다.

"아……. 그 달콤했던 약속의 시간은 끝나고, 열린 문 너머로는 긴장한 분위기가 가득하네요. 여기 사람들은 정거장에 생긴 문제를 심각하게 받아들이나 봐요."

반지 얘기를 할 때와는 사뭇 다른 표정으로 여행자는 이어나갔다.

"정거장이 궤도를 이탈하고 있다는 것 같아요. 스러스터의 상태를 살피기 위해 우주복을 입고 밖으로 나왔어요. 끝이 안 보이는 우주 공간에서 우리 둘이 둥둥 떠다녀요…."

원초적인 형태의 편안함에 잠긴 아기처럼 그는 곤히 눈을 감은 채 헤엄치고 있었다.

"스러스터에 도달했어요. 그녀는 반대편에 설치된 걸 확인하러 떨어져서 갔죠. 제 거는 일견 별 문제는 없어 보여요. 점검하면서 우리는 무전을 통해 수시로 소통을 해요. 그녀도 스러스터를 살피는 중인데, 내부를 뜯어봐야겠다고 말을 하네요. 저는 도움이 필요하면 그쪽으로 넘어가겠다고 얘기를 했어요."

잠시 목이 경직된 듯 꿀꺽 침을 삼킨 후 그가 말을 이어나갔다.

"그녀는 괜찮다고 해요. 하지만 어차피 이쪽에선 할 게 없었던 터라 저는 반대편으로 넘어가기로 했어요. 정거장 외벽을 따라 빙 도는 동안 그녀가 작업하는 소리가 들려요. 부품 하나하나를 해체할 때마다 그녀는 작업 상황을 무전으로 보고해요. 아무것도 없는 이 진공의 공간에서 그 소리가 얼마나 반갑게 들리는지 몰라요……"

"무슨 얘기를 하고 있나요? 무전으로?"

박사가 끼어들어, 황홀감에 빠지려는 남자의 얼굴을 도로 끄집어내 얘기하게 했다.

"점화 엔진 쪽을 살피고 있다고 말을 하네요. 아무래도 정거장에 문제를 일으킨 건 그쪽 스러스터일 가능성이 높겠어요. 지나가던 우주 쓰레기가 원인일지도 모르지만요. 요새 출동이 그런 경우인 때가 잦았거든요."

"혹시 일할 때 듣는 음악 같은 게 있어요?" 이번엔 동료 엔지니어가 나서서 다소 생뚱맞아 보이는 질문을 던졌다.

"어… 저는 없는데, 그녀는 지금도 작업하면서 노래를 흥얼거리고 있어요. 참 아름다운 멜로디예요…….."

그가 노래를 따라 부르기 시작하자 두 엔지니어의 눈이 동시에 서로를 향했다. 박사가 휴대폰을 꺼내들었다.

"녹음해서 무슨 노래인지 검색해 볼게요."

남자는 한동안 계속 노래를 흥얼거렸지만 박사의 검색은 실패로 돌아갔다.

"아무것도 안 떠요." 고개를 가로저으며 그녀가 말했다.

"혹시 그 노래 제목도 알고 계신가요?" 다시 마이크를 잡은 동료가 물었다. 여행자는 노래를 멈추고 잠시 생각하는 표정을 지었다.

"얘기해 준 적이 없네요. 한 번이라도 언급했으면 알았을 텐데. 저는 사람들이 하는 얘기를 토대로 이곳의 정보를 얘기할 수밖에 없잖아요. 이곳에 대해 아는 것이 없으니까요."

"그건 우리도 그래요." 박사가 동료 엔지니어한테만 들리게 중얼거렸다.

"어쨌든 거의 다 온 것 같아요. 마지막 모퉁이를 돌면 그녀가 보일 듯해요. 바로 저기…… 바로 저 앞인데……."

손을 앞으로 뻗은 남자의 표정이 갑자기 일그러졌다.

"왜 그래요?" 박사가 물었다.

"폭발이 일어났어요……."

"폭발이라고요?"

"스러스터가 제멋대로 작동했나 봐요. 반동으로 그녀가 튕겨나갔어요! 사람들이 무전으로 막 소리를 질러요!"

갑작스런 상황에 엔지니어들도 당황하지만 유리창 너머 여행자의 모습은 실색을 넘어 광기에 가까웠다.

"진정하세요! 뭐 하고 계신 거예요?" 그가 좌석에서 뛰쳐나가려 하자 박사가 황급히 말렸다.

"그녀를 구해야 해요! 폭발로 인해 안전장치가 파손되어 멈추지 않고 계속 떠내려가고 있어요! 그녀가 멀어지는 방향으로 저도 몸을 던졌어요. 늦기 전에 잡아야 해요!"

그는 계속해서 앞으로 팔을 뻗어보지만 손에 잡히는 것은 없었다.

"너무 빨리 멀어지고 있어요! 제가 따라잡을 수가 없어요!"

감긴 눈을 하고 있었지만 그의 아연실색한 눈표정을 방 안의 모두가 읽을 수 있었다. 그는 절규했다.

"그녀 뒤에 구조물이 보여요! 이러다 부딪히겠어요! 이럴 수가! 잘 피해가나 싶었는데 마지막에 태양광 패널 쪽에 머리를 맞았어요! 충격으로 데굴데굴 구르면서 하염없이 떠내려가요. 스스로 몸을 가누지 못 하는 것 같아요."

절규하는 그의 목소리에는 갈수록 울먹임이 차올랐다.

"의식이 있는지 없는지조차 모르겠어요. 다행인 건 방금 그 충돌로 인해 그녀의 움직임이 많이 느려졌다는 거예요. 저에게 따라잡히고 있어요. 곧 제 손에 닿을 것 같아요."

그는 허공에 대고 무언가를 껴안는 자세를 취했다.

"잡았어요!"

공허한 품 안에 팔을 두른 채로 그는 그렇게 사랑하는 사람을 하염없이 바라보았다.

"우주복이 손상을 입었어요. 공기가 샐 것 같은 지점들이 보여요. 장비함에서 테이프를 꺼내서 급한 대로 조치는 해 두었어요. 저는 그녀의 이름을 불러요. 안 들리는 것 같아 몸을 흔들어가면서 막 외쳤어요. 의식이 많이 희미해 보여요."

닫혀 있는 그의 눈꺼풀은 안쪽에 고인 눈물을 겨우겨우 붙들고 있는 듯 안구를 꽉 쥐고 있었다.

"정거장 사람들이 무전으로 막 얘기를 해요. 저는 그녀를 붙들었다는 것은 그 사람들한테 말해 줄 수 있었어요. 하지만 우리 둘은 이미 정거장에서 너무 멀리 떨어져 나왔어요. 거기다 관성 때문에 아직도 멈추지 않고 우주 공간으로 떠내려가고 있어요. 구출할 방법이 없대요. 폭발 때문에 구조선도 준비가 안 되나 봐요……."

일그러진 그의 뺨 위로 뜨거운 액체가 흘러내렸다.

"본부에서 무전이 왔는데, 우리 둘이 가는 방향에 우주 쓰레기 군집이 몰려오고 있대요. 이대로 가면 곧 충돌할 거래요."

모든 걸 내려놓은 듯이 툭 읊조리는 그의 말마디에 엔지니어들도 고개를 푹 숙였다.

"그녀가…… 눈을 살포시 뜨고 얘기를 하네요. 우는 얼굴 하지 말아달라고……. 자기가 마지막으로 보는 제 얼굴이 그런 모습이 아니었음 한대요……. 저는 계속 흐느끼고, 그러자 그녀가 제 우주복의 얼굴 부분을 어루만져요……. 계속 미안하다고 하네요. 죽음을 앞두고서도 그녀의 얼굴은 평온해요. 마치 이 모든 걸 초월해 있는 표정이에요……."

강한 훌쩍이는 소리가 창 너머 엔지니어에게도 들려왔다.

"그녀가 저를 보며 되뇌어요. 우린 언제나 함께야……. 말이 끝난 뒤에는 묵묵히 저를 안아주네요. 무전에서는 충돌까지 얼마 남지 않았다는 얘기가 흘러나오고 있어요. 저와 그녀는 무전을 꺼 버려요. 더 이상 아무 소리도 들려오지 않아요. 아무 것도 안 들리는 텅 빈 공간 속에서, 우리 둘만이 서로를 바라보며 속삭이고 있어요. 그녀가 입모양으로 계속 뭐라고 말을 해요. 말을 하는 그녀의 얼굴은 전혀 슬픈 얼굴이 아니에요. 입가에 미소가 얹어져 있어요. 마지막 순간까지도 그녀는 저를 마주보며 똑같은 말을 속삭여요. 제가 주위로 시선을 돌리지 못하게 꽉 잡고서 가장 행복한 얼굴로 저를 바라봐요……. 그게 제 눈에 마지막으로 비치는 모습이 도록…….”

 눈물 젖은 각막 위로 눈꺼풀이 몇 번 끔뻑이더니, 그녀의 얼굴이 환한 빛 속으로 흐려져 갔다. 젖은 시야 때문에 초점이 잘 맞지 않던 그는 이윽고 그 빛이 기록실의 조명이었음을 깨달았다.

 끝났다. 하나의 삶이 그렇게.

 밝아진 조명 뒤로 문 열리는 소리가 따라왔다. 엔지니어들이 들어와 눈물 자국 가득한 고객의 얼굴을 내려다보고 있었다.

 “여행이…… 즐거운 시간이었길 바랍니다.”

 남자는 대꾸 없이 그저 자리에서 몸을 일으켜 앉을 뿐이었다.

 “잠시 시간이 필요하시면 천천히 나오셔도 돼요.” 박사가 말했다. 남자는 잠깐 손으로 눈을 비비고는 고개를 가로저으며 일어났다.

"여기 또 올 거예요."

엔지니어들을 바라보며 결연한 눈빛으로 그가 말했다. 엔지니어들도 그를 쳐다보았다.

"사실 안 그래도 그러시길 바라고 있었습니다." 남자 엔지니어가 입을 뗐다. "고객님의 여행이 저희로서도 흥미로운 점들이 많아서요. 조금 더 자세히 듣고 싶은 것이 저희의 솔직한 생각입니다. 혹시 시간이 되신다면, 다른 방에서 방금 전 여행에 대해 더 상세한 이야기를 들려주실 수 있겠습니까? 저희를 도와주신다면 앞으로 다른 생으로 여행하러 오셨을 때 제품을 이용하시는 비용을 받지 않겠습니다."

남자는 원래 이렇게 후속 청취를 하는 건가, 고개를 갸우뚱하면서도, 다른 전생들도 꼭 한번 보고 싶은 마음이 있었기에 긴 고민 없이 제안을 승낙했다.

그러나 엔지니어의 안내에 따라 이동하면서도 그의 머릿속엔 전생의 마지막 순간이 떠나지 않고 있었다.

그녀의 얼굴… 마지막 그 표정….

죽을 때까지 그 미소는 잊지 못하리라, 하고 남자는 생각했다.

# 3

## 조우

주은결은 미소를 숨기지 못했다.

문자를 받은 그녀의 얼굴은 입꼬리가 절로 올라가는 걸 억지로 누르느라 부자연스러운 씰룩임이 계속 일렁거렸다. 연락하고 싶었던 상대에게서 먼저 연락이 왔을 때 그 기분이란! 일어난 지 얼마나 되었다고 그녀는 아침부터 쾌재를 부르고 있었다.

본사로부터 그녀를 찾는 문자가 왔다. 시간이 된다면 오늘 오전 중으로 찾아와 주실 수 있냐는 부탁이었다.

"네! 당연히 가야죠! 아무렴요!"

사실 그녀는 안 그래도 다른 전생 체험을 위해 추가 예약을 잡을 생각이었기에 이렇게 본사로부터 먼저 연락이 온 것이 그렇게 반가울 수가 없었다.

 무슨 일로 날 찾는 걸까, 궁금해할 틈도 없이 그녀는 나갈 채비를 서두르고 있었다. 몸이 머리보다 먼저 움직였다. 가슴은 벌써 그녀를 현관문 쪽으로 떠밀고 있었고, 집 안 정리조차 제대로 하지 못한 채로 그녀는 어느새 밖으로 이끌려 본사로 가는 버스 쪽으로 달음박질쳤다.

 그녀가 타려고 생각했던 버스를 다행히 시간 안에 탈 수 있었다. 가는 시간이 1초라도 늦어지는 게 싫었다.

 본사에 도착하여 이름을 대니 벌써 자신을 기다리는 사람이 있었다. 자신을 고은영이라고 소개하는 한 박사였다. 그녀가 데리고 간 방에서 주은결은 의자에 앉아 기다렸다. 뭘 기다리는지는 몰랐지만, 고은영 박사가 여기서 대기하시면 된다고 하고 방을 나갔기에 그녀는 빈 방에 잠자코 앉아서 앞으로 일어날 일들에 대한 기대감을 부풀리는 중이었다.

 오늘은 또 무얼 소개받는 걸까? 분명 내 전생에 관해 새로운 것을 알아낸 걸 거야. 나를 기다리는 것은 또 어떤 세계일지…

 생각만 해도 절로 나오는 미소에 그녀가 실없이 혼자 킥킥대며 앉아 있을 때, 갑자기 방문이 열리고 누군가 고개를 들이밀었다.

"어…?"

그녀도 상대도 서로의 얼굴을 확인하고는 깜짝 놀랐다.

대기실 이후 첫 재회였다.

"그쪽은 그때 저랑 얘기하셨던…."

"네. 예약 시간 기다리신다고 하셨던 분이죠…?"

잠깐이지만 너무나 오랫동안 봐 온 사이였다. 몰라볼래야 모를 수가 없었다.

"자자, 잘들 오셨어요. 편하게 앉아주세요."

남자의 뒤로 두 엔지니어가 따라 들어오며 말했다. 그녀를 담당했던 엔지니어와 고은영 박사였다. 두 사람은 고객들을 한쪽에 앉힌 채 테이블 반대편의 연구원용 의자에 자리하고는, 면담할 때처럼 양손을 쥔 팔을 탁자에 올린 자세를 취한 채 한동안 그들을 바라보았다. 그 둘이 마침내 입을 떼기 전까지 테이블을 가운데 두고 그들과 마주한 두 고객 사이에는 어색한 적막이 이어졌다.

"더 타임머신을 통한 전생 여행을 담당하고 있는 박사 조승철, 박사 고은영입니다. 오늘 이 자리에 두 분을 모신 것은 다름 아닌 어제 있었던 두 분의 전생 여행에 대해 이야기하기 위함입니다. 저희가 두 분의 여행을 가이드하는 과정에서 몇 가지 특이점이 발견되었습니다. 이것에 대해 내부적으로

긴 논의가 있었고, 저희 나름대로 어떠한 잠정적인 결론에 이르게 되었습니다."

살짝 긴장이 된 듯 주은결은 말똥한 눈을 한 채 앞을 바라보며 침을 꼴깍 삼켰다. 잠깐 옆을 흘깃하니 같이 앉아있는 남자도 비슷한 낌새인 것 같았다.

"저희가 여러분을 부른 건 여러분의 협조가 필요해서예요." 동료의 말을 이어받으며 고은영 박사가 말했다. "저희 본사에서도 현재 이 문제에 대해 굉장한 관심을 보이고 있어요. 저희가 생각한 것이 맞는다면 여러분의 전생은 모든 엔지니어와 학자들이 달려들어 연구할 만큼 중요한 문제이며, 더 나아가 인류의 역사를 바꿀 수 있는 중대한 전환점이 될 거예요. 그래서 저희는 두 분이 꼭 필요해요."

고은영 박사는 양손을 펼쳐 내보이면서 미소를 띤 얼굴로 두 사람을 바라보았다. 남자 고객은 궁금증이 풀리지 않은 얼굴로 물었다.

"내리신 결론이 무엇인지 여쭤보아도 될까요? 어제 두 분 다 굉장히 심각한 얼굴이시던데……."

"이쪽을 봐 주시기 바랍니다." 어느새 자리에서 일어난 조승철 박사가 티비 스크린을 카트에 끌고 와 고객의 앞에 섰다. 스크린에는 두 엔지니어가 전생 여행 과정에서 기록한

노트의 내용이 일목요연하게 정리되어 있었다.

"여러분의 전생을 정리해 놓은 기록입니다. 주목할 특이점은 두 분께서 전생에 서로의 얼굴을 알고 계셨다는 것과, 그럼에도 불구하고 두 분의 이전 생에 대한 묘사가 확연히 달랐다는 점입니다. 두 분 다 현생의 바로 이전 생으로 여행하셨음에도 한 분은 근대 이전으로 추정되는 전생을 묘사하신 반면 한 분은 시대를 가늠할 수 없는, 우주에서의 삶을 묘사하셨습니다. 이런 경우는 저희 본사에서도 접한 바가 없는 사례입니다. 때문에 이에 대한 해석을 어떻게 내려야 할지를 두고 저희 두 엔지니어도 고민을 거듭할 수밖에 없었습니다. 그 결과 오늘 아침, 한 가지 가설을 세우는 데 성공하였고 이를 검증하기 위해 저희 두 사람은 여러분의 전생을 더 연구할 필요가 있다는 점에 공감하였습니다."

"저희에게 협조해 주신다면 여러분은 여러분의 모든 전생을 저희와 함께 탐험할 수 있게 됩니다. 물론 비용은 받지 않습니다."

웃는 얼굴을 하며 두 명의 박사가 그들의 앞에 내놓은 제안은 전생 하나만을 위해 이곳에 달려온 두 사람으로서는 도무지 거절할 수 없는 것이었다. 마지막 질문만이 남았다.

"그 가설이라는 게 대체 뭐죠?"

마침내 그 순간이 다가오자 두 엔지니어 사이에 무언의 눈빛이 잠깐 오갔다. 두 사람은 마주한 고객들에게 자신들의 가설을 찬찬히 설명하였고, 설명을 다 들은 고객들의 낯빛에는 당혹만이 가득했다.

"지금 진심으로 하시는 얘기인가요?"

남자는 믿을 수 없다는 얼굴을 하며 두 엔지니어들을 노려보았다. 얼마나 어이가 없었는지 입가에서는 피식 바람이 새며 자신도 모르게 헛웃음이 나왔다.

기가 막혀 말을 잇지 못하는 것은 주은결도 마찬가지였다. 상대편을 응시하는 그녀의 눈빛에서는 당황스러움을 넘어 이해할 수 없는 괴이함에서 나오는 공포 같은 것마저 서려 있는 듯했다.

"……그게 도대체 무슨 말이에요?"

## 4

## 그들이 생각해낸 가설

몇 시간 전 아침.

문이 열리는 소리가 움직이고 있던 사내의 입을 정지시켰다.

멈춰버린 사내는 아무런 미동도 하지 않았다. 엔지니어의 클릭 한 번에 그대로 얼어버린 그의 얼굴은 스크린에 떠 있는 게 비디오인지 사진인지를 분간하지 못하게 만들었다.

영상을 멈춘 사람이 열린 문 쪽을 건너다보았다. "오셨어요?"

말을 걸어온 동료 엔지니어를 고은영 박사는 문간에 서서 잠시 바라보았다.

"굉장히 일찍 오셨네요." 방으로 들어선 그녀가 문을 닫으며 말했다. "아니면 아예 나간 적이 없었던 걸까요?"

"우리가 한 후속 청취 영상을 계속 돌려 보고 있었어요. 이 사건을 어떻게 이해해야 할지 몰라서…….”

"저도 집에서 몇 번 보았는데, 보면 볼수록 이해할 수 없는 얘기들만 귀에 들어와서 그냥 꺼 버렸어요."

"상식적으로 이해되지 않는 발언들이 청취 과정에서 너무 많이 나왔어요. 사실 관계가 맞지 않는 진술들도 있었고요. 이번 건은 아무리 봐도 진짜 전생 여행이었다고 할 수 없을 것 같아요. 장비에 오류가 없었다는 말은 믿지만, 이런 내용의 묘사를 진짜 전생이라고 발표할 수는 없어요. 연구자 총회에서 인정받지 못할 거예요."

"저라면 그렇게 성급히 단언하진 않을 거예요." 단호히 고개를 가로젓는 그녀의 목소리에는 어떤 자신감이 묻어 있었다. "박사님이 이곳에서 영상을 확인하는 동안, 저도 나름대로 조사를 좀 해 봤죠. 보아하니, 이런 사례가 우리가 처음이 아니더라고요."

"또 있어요?"

믿기지 않는다는 얼굴로 조승철 박사가 반문하였다.

"여러 건이에요. 화성에서 아기를 낳았다는 어머니. 거대 우주 정거장 속에서 수영하며 자랐다는 올림픽 금메달리스트. 안드로메다 은하까지 드래그 레이스에서 1등을 하고 상금을 받으러 돌아왔더니 지구가 사라져 있었다는 우주비행

사. 가장 이상한 경우만 뽑은 게 이 정도예요. 상품 출시 이전의 시운전에서도 이런 경우가 발견되었었대요. 시운전이라 단순 오류라 생각하고 제대로 청취록을 남기지 않은 채 여행을 중단한 경우까지 있다고 생각하면 이런 사례가 얼마나 많았을지 가늠할 수 없죠."

"그래서, 다른 연구원들은 그 일에 대해 뭐라고 기록했대요?"

"전부 장비상의 오류 내지는 원인 불명인 사례라고 기록했대요. 그러나 우리는 그게 오류가 아니었다는 걸 알죠."

"어째서요?"

"박사님이 담당하신 여성분이 있잖아요. 박사님의 고객하고 제 고객하고 전생에 얼굴을 아는 사이였어요. 그것도 심지어 연인 사이였죠! 그건 절대 기계의 오류일 수가 없어요. 우연일 수가 없다고요."

"좋아요. 현생에서 얼굴을 알던 사람끼리 전생에서도 아는 사이였던 경우를 우리는 몇 번 봐 왔었죠. 시운전 때부터 종종 기록되었던 현상이었으니까요. 그러나 그런 경우들은 모두 서로 얼굴을 알았던 여행자들의 진술이 일치했어요. 지금처럼 두 사람이 서로의 얼굴을 알아보았다는 점만 빼고는 완전히 다른 삶을 묘사한 경우는 없었다고요. 더군다나 한 명은 우주 정거장까지 엘리베이터를 타고 올라갔다는 얘기를 하고 있잖아요. 누구한테 물어보더라도 이런 경우는 전대미문일 겁니다."

"정리를 해 볼게요. 전생 여행 중 현생에서 아는 사람을 만나는 일은 해당 사례가 일부 존재해요. 지금도 가끔씩 일어나는 일이고, 학자들의 검증을 거쳐 그들의 전생은 문제가 없는 것으로 판명이 되었죠. 우주로 올라가 살게 되는 말도 안 되는 전생 내용도 몇몇 사례가 존재하지만, 앞선 사례들과 달리 그것들은 진짜 전생으로 인정받지 못하고 있어요. 이런 상황에서 우리가, 우주에서 근무했다는 사람이 현생에서 본 사람을 지인으로 둔 경우를 처음 만난 거예요. 저는 이 사례가 나머지 '우주 전생' 여행의 사례에 대해서도 우리가 다시 생각해 봐야 할 근거가 된다고 생각해요."

"뭐라고 생각을 해야 할까요? 그것들이 다 실제로 존재했던 삶이라고요? 전생에서 화성에 살고, 우주 정거장에서 자라고, 안드로메다 은하까지 날아갔던 사람들이 현생에서는 지구에 꼼짝없이 붙어서 살고 있는 거라고요?"

"저도 아직까지 그 부분은 설명을 못하겠어요. 다만 그 사례들도 장비의 오류는 아니었을 것 같다는 거죠."

"두 고객의 전생이 다르다는 점에 대해서는요? 지금 갈수록 결론이 더 이상해지고 있다는 건 아시죠? 장비의 오류가 없었다고 한다면, 우리는 왜 다른 사람들이 전생에서 근대 이전의 삶을 살 때 특정 사람들은 우주에서 살았으며, 현재도 불가능한 우주여행 기술이 어떻게 전생에서는 가능했으며, 전생에서 죽음의 순간마저도 함께한 두 연인이 도대체 왜 한 사람은 무희와 왕세자의 이야기로서 자신의 삶을 기억하는데 한 사람만 엘리베이터로 우주에 출근하는 우주 정비사로서 과거의 자신을 기억하고 있는지 설명을 내놓아야 해요. 이걸 어떻게 이해를 해야 할까요?"

동료의 질문 공세에 고은영 박사도 한숨을 내쉴 수밖에 없었다.

"하아, 글쎄요……. 너무 비상식적인 것들 투성이예요. 그렇지만 뭔가 이 모든 현상들을 하나로 설명할 해답이 어딘가에 있을 것 같아요. 단순 오류라고 하기엔…… 그때 같이 계셨잖아요. 그 장면들… 그게 모두 결함으로 생겨난 이미지라는 걸 저는 믿지 않아요. 박사님의 고객과 제 고객도 묘사한 삶은 달랐지만 각자의 삶에서 끝까지 함께였어요. 장비의 고장으로는 그렇게 딱 맞아떨어지게 될 수가 없어요. 분명 두 전생이 다 진짜인 거라고요. 현생의 바로 이전 생으로 여행을 하게 둘 다 설정되어 있었지만 무슨 착오가 일어나 다른 생으로 간 걸지도 모르죠. 두 사람은 여러 생에 걸쳐 함께

해 온 사이인 거예요. 어쩌면 모든 생에서 함께인 사이일지도 모를라요. 아무리 다시 태어나도 언제나 서로의 곁을 지키는, 그런 운명적인 연이요. 영원히 함께인 만남인 거죠!"

"……아무리 다시 태어나도… 영원히 함께할 거라고요?"

"비웃으려면 맘껏 비웃으세요. 어찌 됐든 저는 이게 기계의 오류로 인한 소동이라고 믿을 수가 없습니다. 도저히 그렇게는 못 믿겠어요."

"아뇨, 그게 아니라……."

조승철 박사의 얼굴은 그 어느 때보다도 심각해 보였다. 잠깐 다른 곳을 응시하며 생각에 잠겨 있던 그의 눈빛이 고은영 박사에게로 돌아왔다.

"방금 한 가지 생각이 떠올라서요. 이 모든 현상을 한 번에 설명하는 가설이요……."

"뭔데요?"

고은영 박사의 물음에 그는 선뜻 대답하지 못하고 뜸을 들였다.

"……엔지니어링 공부한 이래 가장 정신 나간 소리이긴 한데 들어보실래요?"

## 5

## 밝혀지는 진실

 "자, 눈을 떼지 마시고, 한번 주위를 잘 살펴보세요. 세부적인 것에 집중하는 거예요. 동료들의 이야기에도 귀를 기울여 보세요. 무슨 얘기들을 하는지…. 사소한 잡담 같은 것이 진짜 중요해요. 결정적인 정보가 나오면 놓치지 말고 얘기해 주서야 해요."

 긴장을 풀어주듯 여유롭게, 고은영 박사는 자신의 고객을 이끌어 나갔다.

 다시 몇 시간 후로 돌아와서, 두 엔지니어와 고객은 또 한번 타임머신을 가동한 기록실에서 전생을 재방문하고 있었다. 방문하는 전생은 당연히 남자 고객의 우주 정거장이었다. 그 혼자만이 넓은 공간에서 좌석에 누운 채로, 주은결과 두 엔지니어가 온갖 장비 뒤에서 자신을 지켜보는 컴퓨터실과 눈을 감은 채 일대일로 대화를 나누고 있었다.

"몇몇 동료들이 보여요……. 그들의 복장에 나라별로 국기가 새겨져 있네요. 여긴 국제적으로 운용되는 곳인가 봐요."

"어떤 사람들이 보이나요? 무슨 얘기가 들리죠?"

"……한쪽 구석에서 자기들끼리 무리 지어 얘기하는 인원들이 있어요. 대부분 미국 대원들인 것 같은데, 불평할 것들이 많은가 봐요. 한 사람은 시애틀에 사는데, 작년에 거기 야구팀이 월드 시리즈에서 마침내 우승할 때 자기는 지구에 못 내려가고 이곳에서 무중력 커피 머신이나 손보고 있어야 했다고 볼멘소리를 하네요."

그가 말하는 야구팀은 월드 시리즈를 우승한 적이 없다고, 고은영 박사의 옆에서 동료 엔지니어가 넌지시 일러 주었다.

"또 어떤 얘기들이 있나요?" 박사는 계속해서 질문했다.

"되게 일상적인 얘기들을 하는 것 같은데, 모르는 용어가 많이 나와서 정확히는 모르겠어요. 무슨 연예인 얘기도 하는데 다 모르는 이름들이에요. ……더 이상 주목할 만한 얘기는 안 들려요. 저는 작업복 착용을 위해 다른 공간으로 이동했어요."

한참을 심각한 얼굴로 집중하던 그가 이윽고 입을 뗐다.

"우주복 헬멧을 착용하니 무전이 연결되어 다시 대화가 가능해졌어요. ……아까 그 시애틀 대원은 작업 중에도 계속 무전으로 불평을 쏟아내네요. 자꾸 푸념만 늘어놓는 게 듣기 싫었는지 모로코 대원 한 명이 끼어들어 자기도 자기 나라에서 올림픽 개최할 때 일 때문에 못 갔으니까 그만 찡찡대라고 일갈했어요."

"맞혀 볼게요." 박사가 옆의 동료를 보며 물었다. "모로코에서 올림픽 개최한 적 없죠?"

조승철 박사는 그녀 말이 맞다는 뜻으로 고개를 끄덕였다. 그 사이에도 우주 정거장의 대화는 계속해서 이어져 갔다.

"……또 그러자 이번엔 프랑스 대원이 끼어들어서, 자기도 파리에서 올림픽 할 때 못 가 봤다고 얘기를 해요. 그러자 모로코 대원은 파리에선 벌써 네 번이나 개최했으면서 뭘 더 바라냐고 받아치네요."

고은영 박사는 다시 동료를 바라보았다.

"몇 번이에요?"

검색을 마친 동료가 긴장된 얼굴로 한참 뜸을 들인 뒤, 손가락 세 개를 들어 올리며 조심스럽게 발표했다. "딱 세 번 했어요. 1900년, 1924년, 2024년."

"와아-!" 고은영 박사의 입에서 탄식이 터져 나왔다. "정말 믿을 수가 없네요!"

조승철 박사도 동의한다는 뜻으로 몇 번 고개를 까딱거린 후 덧붙였다.

"믿기 힘들지만 이게 진실이에요." 말하고 있는 그조차도 쉽게 받아들여지지가 않는지 입가에 실소를 띠며 고개를 가로저을 수밖에 없었다. 그가 마침내 공표했다.

"우린 지금 미래의 한 장면을 보고 있는 겁니다."

유리 너머로 여행자를 응시하는 두 엔지니어의 얼굴은 그 어느 때보다 비장했다. 동석하고 있는 또 한 명의 고객의 얼굴은 이보다는 혼란스러움이 더 드러난 표정이었다.

"이해가 안 돼요." 당혹감이 가득한 얼굴의 주은결은 재차 물을 수밖에 없었다.

"어떻게 전생을 찾아왔는데 미래의 모습일 수가 있는 거죠?"

고은영 박사는 자신도 그녀와 같은 심정이라는 표정을 하며 말했다.

"우리가 그동안 선입견에 빠져 있었나 봐요." 말을 하는 박사의 얼굴은 눈앞의 이 상황이 그저 경이롭다는 눈빛이었다.

"저희 엔지니어들도 당연히 전생에 대해서 과거에 살던 사람이 죽어서 현재에 환생을 한 것이라고만 생각을 했지, 미래에 살던 사람이 죽어서 현재에 환생할 것이라고는 상상조차 못 하고 있었어요! 하지만 그것만이 유일한 설명이에요. 보아하니 미래에서 과거로 와서 환생하는 것도 가능한가 봐요. 우리가 정말 큰 발견을 한 거죠!"

"그렇지만… 그러면 제 전생은 어떻게 되는 거예요? 전생에서 저는 궁에 살았잖아요. 저 분도 같이 있었고요. 그런데 저 분의 전생에선, 우주 정거장이 등장하는 미래의 모습이 나오고, 거기에 또 제가 같이 있다고요?"

"제 생각은 이렇습니다." 주은결의 담당이었던 엔지니어가 그녀 쪽으로 돌아앉으며 입을 뗐다. "지금 저 고객님이 묘사하시는 우주 정비사의 삶. 그 삶이…,"

그는 중요한 말을 할 때처럼 마지막 말을 앞두고 멈춰 서서 긴장을 더했다.

"……고객님이 환생하시면 겪게 되실 인생입니다."

충격적인 발언을 끝마친 사람처럼 그는 듣는 상대의 안색을 살폈다. 주은결은 시한부 선고라도 받은 것처럼 우두커니 서서 말하는 상대를 쳐다볼 뿐이었다.

"……저 고객님이 미래에서 과거로 환생하신 분이라고 한다면 그게 가장 자연스러운 결론이 됩니다." 엔지니어는 말을 이어갔다. "저 분이 지나온 삶은 아직 일어나지 않은 일이에요. 앞으로 일어나게 될 일이죠. 그 삶에 고객님이 함께하고 계신다면, 그 분은 미래의 고객님일 거라고 생각할 수밖에 없습니다. 정말 충격적이겠지만, 고객님은 전생을 찾으러 오셔서 전생뿐 아니라 다음 생까지도 엿보게 되신 거예요. 그리고 이건, 저 고객님한테도 마찬가지일 겁니다."

"저 분한테도 고객님의 전생은 아직 일어나지 않은 일이겠죠……. 미래로부터 환생해서 오신 분이니까." 고은영 박사도 한 마디 거들었다.

"이 의미를 아시겠습니까?" 조승철 박사는 마지막으로 또 한 번 주은결을 쳐다보면서 강조했다.

"전생의 고객님은 저 분과 함께였죠. 전생의 저 분도 고객님과 함께였습니다. 그러나 두 분은, 전생에서 함께한 것이 아니에요! 전생의 고객님은 다음 생의 저 분과 함께였던 겁니다! 다음 생의 고객님이 전생의 저 분과 함께할 것이듯이 말이죠. 두 분의 관계는 그런 관계란 말입니다."

"그러니까, 쉽게 말하면…… 제 과거가 저 분의 미래이고, 저 분의 과거가 제 미래라는 거네요?"

쉽게 수긍하기 어려운 주은결의 요약에 그녀를 마주하고 앉은 두 엔지니어는 그저 고개를 끄덕여 주는 것밖에는 없었다. 주은결의 입에서 조그마한 탄식이 나왔다.

"저기……, 제 얘기 다 들으셨나요? 여행 다 끝났는데."

잊고 있던 주의를 환기하는 목소리에 세 사람은 유리 너머로 시선이 이끌려 갔다. 생동감 있는 목소리로 전생을 중계했던 여행자는 어느새 말똥한 눈을 부라리며 일으켜진 몸으로 좌석에 걸터앉아 있었다.

"필요한 정보는 다 얻은 것 같아요. 이제 나오셔도 돼요."
그제야 마이크로 돌아온 고은영 박사가 말했다.

박사는 곧 기록실로 들어가 장비를 점검하고 자신의 고객을 안내하여 데리고 나왔다. 박사가 안에서 작업을 하는 동안에도 주은결의 눈길은 좌석에 앉아 있는 미래이자 과거의 동반자에게 쏠려 있었다. 유리 너머로는 자신이 보고 있다는 게 잘 안 드러나는 것인지 스스로를 향한 이목에 무감각히 태연하게 자신의 담당 엔지니어와 잡담을 나누는 그를 바라보며 그녀는 만감이 교차함을 느꼈다. 근심 어린 얼굴로 그의 얼굴이 뚫어질 듯 쳐다보고 있던 그녀였다.

마침내 시선을 뗀 그녀가 자신의 엔지니어에게 물었다.

"이제 어떡해요?"

2부

# 세상의 발견

# 1

## 미래에서 온 사람

세상이 뒤집혔다.

미래에서 온 사람이라는 소재는 대중들에게 늘 공상과학 속 상상의 대상이었다. 그런 사람이 실존한다면 그가 세상에 미치는 여파는 되돌릴 수 없을 영구적인 충격과 같을 것이었다.

본사에서 발표가 나왔다. 이제 전생이 미래라는 것은 공식적으로 가능한 사례가 되었다.

전생 여행이 가능하다는 것으로 이미 세상을 한 차례 뒤집어 놓았던 회사지만, 전생 여행으로 미래를 볼 수 있다는 것은 또 다른 문제였다. 이번에 본사의 발표가 시사하는 것은 사람들의 입장에서는 받아들이기에 너무나 큰 것이었다. 개중에는 믿지 않는 사람들도 여럿 있었으며, 믿는 사람들도 전생이 미래라는 것의 인과적인 의미를 두고는 저마다 각기 다른 해석을 내놓았다.

많은 것이 알려지지 않은 상태였다. 본사도 이제 막 전생이 미래인 경우를 발견했을 뿐이었다. 추가 연구가 필요한 것은 당연지사였다.

자연히 이전에 전생임을 인정받지 못했던 수많은 우주 전생 여행의 사례들이 재검토 대상에 올랐다. 해당 여행에 참여했던 고객들과 피험자들이 회사의 초대를 받아 다시 타임머신이 있는 방으로 발걸음을 돌리기 시작했다. 그들 가운데 상당수는 자신들의 전생이 과거라고 믿었던 먼젓번보다 더 들떠 있는 듯 보였다.

수많은 우주여행이 발견되었다. 그뿐만이 아니었다. 비록 전생 여행에서 우주가 나오지는 않았지만, 도저히 옛 시대의 기술이라고 생각할 수 없을 만한 물건들이 묘사되는 여행 사례들이 이전에도 여럿 있었기 때문이다. 이런 사례들도 당연히 재검토 대상이 되었다.

수많은 의심 사례들을 종합하여, 본사는 지금까지 수집되었던 전생 여행 사례 가운데서 잠재적으로 미래일 수 있는 사례들을 헤아려 보기 시작했다. 과거라고 확증할 수 없는 여행은 재검토한다는 회사의 방침을 따라 이미 상당수의 사례들이 재검토 대상에 올라 있었고, 그중에는 과거인지 미래인지 정확히 판단할 수 없는 전생들도 있었다. 미래라는 뚜렷한 징후는 발견되지 않았지만, 과거라고 확신할 만한 근거도 없는 애매모호한 경우들이 변수였다. 이 변수에 해당하는 사례들이 전체 가운데 30% 이상을 차지했다. 이를 과거로 두느냐, 미래로 보느냐에 따라 미래 전생의 사례가 전체 전생의 반 이상이 될 수도 있다는 충격적인 결론이 나왔다. 애매한 경우를 모두 과거라고 한다면 과거 전생의 수가 그래도 더 많았다. 반대로 그런 경우를 모두 미래라고 가정한다면 미래 전생의 수가 과거 전생보다 많아지게 되는 것이었다. 당초 예상을 아득히 뛰어넘는 잠재적 미래 전생의 숫자에 본사의 연구진들은 당황을 넘어 공황 상태에 빠지고 있었다.

그런 대공황의 와중, 한편에서는 고은영 박사와 조승철 박사의 연구가 계속되었다. 이 모든 사태를 불러일으킨 계기가 된 두 고객. 두 전생 여행자들은 전생을 넘어 전전생에서도 인연을 이어갔다. 현생의 바로 이전 생들을 각각 탐험했던 그들은, 이제 바로 이전 생을 넘어 그 이전의 전생으로도 시간 여행을 떠났다. 흔치 않은 기회로 전생 너머에 있는 두 번째 전생에까지 발을 올리게 된 두 사람. 그들은 그렇게 가게 된 두 번째 전생에서조차도 마지막 순간까지 함께했던 자신들의 모습을 확인하며 먼젓번과 마찬가지로 눈물을 쏟을 수밖에 없었다.

전생을 확인하면 확인할수록 그들을 담당했던 두 엔지니어의 이론은 맞아 들어갔다. 전생 이전의 전생에서도 두 사람이 함께였음이 드러났을 뿐 아니라, 남자 고객의 전생의 경우 현생의 바로 이전 생보다 그 이전의 전생이 더 미래라는 정황이 드러났기 때문이었다. 그가 가게 된 두 번째 전생에서 그는 지구가 더 이상 보이지 않는다는 것을 알아차렸다. 인류가 통째로 다른 행성에 이주한 것인지, 아니면 새로운 터전으로 영토 확장을 위해 이주민을 파견한 것인지는 확실치 않았지만, 지구라는 천체는 그곳에 사는 사람들에게는 자신들의 조상이 한때 살았었던 역사 속 고향과 같은 존재로 인식되는 듯했다.

이외에도 전생이 미래라고 밝혀진 여러 사람들에게 같은 취지의 탐험을 추가적으로 실시하였지만, 시간대를 확인할 수 있는 전생은 모두 현생의 바로 이전 생보다 그 이전의 전생이 더 미래인 것으로 드러났다.

이에 본사의 연구진들은 한 가지 가설을 세우게 되었다. 환생을 할수록 과거에 태어나는 사람이 반, 환생을 할수록 미래에 태어나는 사람이 반. 세상은 이렇게 두 종류의 사람들이 반반씩 교차되어 있는 곳이라는 이론이었다.

과거로부터 환생해 미래에 태어나는 사람을 그들은 '순행인'이라고 부르기로 했다. 미래로부터 환생해 과거에 태어나는 사람은 '역행인'이라 불렀다.

그렇게, 세상에는 '순행인'과 '역행인'이 있게 되었다.

사람들의 세계관이 격변하고 있는 시대. 순행인과 역행인의 구분이라는 것은 사람들에게 새로운 집단의 존재를 의미했다. 전생 여행 인구가 늘어 감에 따라 역행인이라고 밝혀지는 사람도 늘어나면서, 전생이 미래라는 것은 점점 하나의 집단적 정체성이 되어 가고 있었다. 처음에는 인터넷 프로필상으로 자신이 역행인임을 밝힌 사람끼리 모인 온라인 공동체로 시작했던 것이 점차 정기적인 오프라인 모임이 되었고, 나중에는 전 세계 어느 대도시에서든 일상적으로 볼 수 있는 풍경이 되었다. 급기야 본사에서는 역행인들을 위한 파티를 주최하여, 최초로 발견된 역행인을 필두로 사람들이 모여서 전생담을 공유하고 자신들의 전생이 아직 일어나지 않은 훗날의 예정된 일생임을 기념하는 자리를 준비하겠다고 공언하기에 이르렀다. 파티에는 사람들에게 어느 정도 이름이 알려졌다 하는 역행인들은 웬만하면 다 참석하는 걸로 되었으며,

순행인 중에서도 몇몇 유명 인사들이 초대장을 받아 자리를 함께하기로 하였다. 그리고 당연히 그 초대장을 받을 순행인 목록에는 주은결의 이름이 최상단에 위치하고 있었다.

본사에서 그리 멀지 않은, 도시의 가장 큰 연회장. 늦을 줄 알고 택시에서 내린 뒤부터 허겁지겁 달려온 주은결은 연회장에 들어오자마자 자신을 알아보는 사람들에게 둘러싸였다.

생판 모르는 얼굴의 사람들이 그녀의 이름을 부르며 인사를 건네는 상황. 주은결은 난생처음으로 경험해 보는 자신의 유명세에 당황스러운 얼굴과 으쓱거리는 어깨가 교차하는 채로 그녀의 이름을 새긴 명패가 위치한 자리에 안내를 받아 착석했다. 자리에 앉아서 콩닥거리는 가슴을 진정시킬 새도 없이 그녀는 자신을 부르는 소리에 무대로 소환됐고, 진행자는 그녀를 이미 무대에 올라와 있던 최초의 역행인과 함께 세우고는 두 사람에게 전생 이야기를 부탁하였다.

잠깐 둘 사이에 겸연쩍은 눈빛이 오갔다. 최초로 역행인이 발견된 그들의 이야기는 결국은 사랑 이야기였다. 두 연인의 이야기가 이어지는 이후의 45분 동안, 연회장 홀에 모인 사람들은 그들의 이야기에 완전히 빠져들어 다른 데 눈을 둘 엄두조차 내지 못하였고, 사람들의 눈물을 자아내는 그들의 마지막 순간에 대한 묘사가 끝끝내 이뤄지지 못한 사랑을 아쉬워하는 맺음말로써 완전한 막이 내렸을 때 청중은 우레와 같은 박수 소리로 이야기의 두 주인공에게 갈채를 보냈다.

생전 처음 받아 보는 박수 소리를 온 피부로 느끼며 두 사람은 무대를 내려왔다. 벌벌거리는 다리로 한 걸음 한 걸음 무대 계단의 낮은 쪽을 밟아가며 주은결은 긴장된 상황을 함께 헤쳐 나왔던 동반자의 얼굴을 흘긋 돌아보았다. 그의 얼굴도 그녀만큼이나 상기되어 있었다.

이후로 몇몇 전생 여행자들이 더 나와 자신들의 역행 전생담을 공유하였지만 주은결의 귀에 들리기로는 박수갈채가 자기들 때만 못 한 것 같았다. 전생 공유 행사가 끝나면 다음 일정으로는 피로연이 준비되어 있었으며, 두 사람은 행사가 끝나기도 전에 미리 파티가 열릴 공간의 테라스로 빠져나와 홀 쪽에서 간간히 삐져나오는 박수 함성과 바깥바람을 타고 피부에 와 닿는 도시의 소리가 빚어내는 화음을 함께 감상하고 있었다.

피로연은 잔잔한 클래식 음악과 함께 사람들이 음식을 먹으며 왁자지껄 떠드는 소리로 달아올랐다. 이러한 분위기에 더해 이따금씩 들려오는 유리잔을 부딪는 소리가 저녁 하늘 아래 테라스를 더욱 무르익게 만들었다.

그 하늘 아래서, 테라스의 난간에 기댄 채, 두 사람의 와인 잔도 쨍 하는 소리로 음표를 더했다.

"전생의 우리 둘도 이런 하늘을 보며 속삭였었겠죠? 이런 경치는 다음 생에 태어나서도 못 볼 거야, 라고." 남자가 가벼운 농담으로 분위기를 띄웠다.

"그쪽의 전생에서는 하늘이 아니라 우주 공간이었을 것 같네요." 주은결도 농담으로 응수하며 하하거리는 얼굴을 했다. 농담이 통한 건지 남자 쪽이 더 키득거리는 것 같았다.

"이젠 하늘의 별을 보며 드는 생각이 예전하고 같지가 않아요." 그는 눈망울이 빛나는 진지한 얼굴이 되어 해가 거의 진 어스레한 황혼 너머의 반짝이는 빛들을 응시하며 말했다.

"예전에는 그냥 아름답다고만 생각했는데, 요즘에 별을 보면…… 꼭 그곳에 제 삶이 있을 것만 같은 거 있죠."

주은결은 무슨 말인지 공감이 된다는 의미로 격하게 고개를 끄덕였다.

"진짜로 거기서 살았었으니까요. 아니, 살 것이라고 해야 되나?"

그녀가 말끝을 멋쩍은 웃음으로 맺자 그도 동감이라는 얼굴을 하며 끄덕거렸다.

"이젠 과거랑 미래도 뭐가 뭔지 모르겠어요. 과거를 더 이상 과거라고 할 수가 없을 것 같아요. 그렇지 않나요?"

동조를 구하는 그의 물음에 주은결은 그에게 한 발짝 더 가까이 붙어 서며 말했다. "저한테는 미래니까요."

그를 마주하며 바라보는 그녀의 얼굴은 그녀가 올려다보는 하늘의 별만큼이나 찬란하게 빛나는 눈망울로 미소 짓고 있었다.

"저 별들도, 우주에서 보낼 한평생도, 그곳에 있을 우리 둘도, 모두가 저한테는 앞으로 일어날 일들이에요. 그것 때문에 하늘을 바라보면 저는 진정이 안 돼요. 어떤 멋진 일생이 기다리고 있을지 자꾸 기대가 되니까요."

그녀의 말릴 수 없는 순수한 눈웃음에 남자도 전염이 된 것인지 가만히 있는 그의 얼굴에 절로 미소가 떠올랐다. 애잔하면서도 행복해 보이는 그의 얼굴에서 올라간 입꼬리가 사라지질 않자 그녀가 왜 자꾸 웃느냐고 되물었다.

"그냥… 앞으로의 일생을 기대한다는 말에 저는 지난 생이 떠올라 기분이 이상해서요."

그의 그런 말에 격하게 입꼬리가 벌어지며 같이 웃음을 터트리는 그녀였다.

"그렇겠네요. 제가 기대하는 모든 걸 이미 다 알고 계신 분과 함께이니……."

그녀가 그리 말하며 옆에 선 남자 쪽을 흘깃하자 둘의 눈이 딱 마주쳤다. 남자는 그녀를 정면으로 바라보며 말했다.

"전생에서…… 그쪽은 제 삶에 없어서는 안 되는 소중한 존재였어요. 이 사람이 없었다면 내가 어떻게 되었을까 하며 막막해지는, 저보다 훨씬 나은 사람이었죠."

"아아, 그런 말 하지 마세요. 너무 오글거려요."

그녀는 누가 간지럼을 태운 듯 찡그리며 웃는 얼굴을 하며 살랑살랑 고개를 저었다. 그럼에도 남자는 외려 자기가 손사래를 치며 이어나갔다.

"아니에요. 정말이에요. 전생의 저는 그냥 애송이였어요. 그쪽이 저보다 훨씬 지혜롭고, 성숙한 사람이었죠. 보면 늘 저는 철없이 굴기만 하면서 살았던 것 같아요. 제가 가 본 모든 전생에서 그랬어요. 그때마다 저를 잡아주고 보듬어줬던 그 한 사람 덕분에 제가 살 수 있었다고 생각해요."

"그 말은 안 믿기는데요."

그녀가 입꼬리에 뜬 오묘한 미소와 함께 고개를 살짝 비틀며 그리 말했다.

"제가 가 본 전생에선 항상 그쪽이 지혜롭고 성숙한 사람이었거든요. 저는 늘 어린애마냥 칭얼대고……. 그런 저를 그쪽이 응석 받아주며 함께 해 온 기억밖에 없는걸요."

"정말이요? 그런 모습의 제 자신은 상상이 안 되는데요."

두 사람은 서로를 쳐다보며 누가 먼저랄 수 없는 동화된 웃음을 터트렸다. 한창 웃음이 지난 다음 남자가 말문을 열었다.

"우리 둘 다 서로의 미래 모습을 보고 온 거잖아요. 환생을 거듭한 미래의 우리는 전생의 우리보다 더 지혜로워지는 걸까요?"

다시 테라스 난간에 기대어 이제는 해가 다 넘어간 어둑한 하늘의 별빛을 올려다보며 감상 젖은 얼굴로 읊조리듯 말하는 그였다.

"흥미로운 생각이네요. 우리는 전생을 기억 못 하지만, 삶을 많이 살아갈수록 그 경험들이 우리도 모르는 사이에 쌓여 우릴 더 지혜롭게 만든다는 걸까요? 그럼 나중에 우리가 저기 저 머나먼 별에 살게 될 때, 그때 저는 지금보다 더 좋은 사람이 되어 있겠네요……."

"믿어도 돼요. 정말 좋은 사람이었으니까요."

난간에 기댄 두 사람은 그렇게 서로를 바라봤다. 잠시 뒤 남자가 손을 올려 보이며 덧붙였다.

"지금 나쁜 사람이라는 얘기는 결코 아니에요."

"하하. 알아요."

자꾸 웃음이 터질 듯 말 듯한 눈초리로 그를 그윽하게 쳐다보는 그녀의 시선에 남자는 계속 어쩔 줄 몰라 했다.

"자꾸 그렇게 보셔서⋯⋯ 제가 뭘 잘못 말했나요?"

"아뇨. 그런 게 아니라," 그제야 완전히 올라간 입꼬리가 되면서 그에게 달라붙었던 시선이 환기되는 그녀였다. "그냥⋯ 이 모든 대화들이 다 신기한 것 같아요. 우린 서로 만난 지 얼마 안 되었는데 벌써 몇 번의 평생을 같이 한 사람이 되어 있고, 과거에 인연이 되어 만났던 잊힌 추억이 된 남자가 미래로부터 와서 제가 나중에 어떤 사람이 될지 말해주고 있으니까요. 그렇게 생각하면 정말 소설 같은 일 아니에요? 신기해서 말을 못 하고 자꾸 쳐다보고만 있게 돼요."

"사실 저도 그래요." 그는 난간에 기댄 몸을 일으켜 그녀 앞에 바로 서며 말했다. "저도 가끔 자다 일어나서 지금 우리가 살고 있는 이 현실이 꿈은 아닐까 하며 볼을 꼬집어 만지작거릴 때가 있어요. 최초로 발견된 역행인이 되고, 지난 생과 다음 생을 관통하는 운명의 인연을 만나 서로의 앞길을 비춰보며 필연적 삶에 대해 이야기하는 것, 제 앞에 이런 인생이 펼쳐질 거라고는 상상조차 못 했죠."

"운명⋯⋯. 그런 건 없다고 믿으며 살았던 시절도 있었어요. 처음 전생 여행을 하러 찾아갔을 땐 뭘 발견하게 될지 몰라 두렵기도 했죠. 지금은…… 제가 찾은 운명이 당신이어서 기쁘다는 마음뿐이에요."

그녀 역시 난간에서 몸을 떼 두 사람은 서로를 마주한 채 상대의 숨결마저 느껴질 근거리에서 맞바라보이는 각자의 얼굴을 눈담고 있었다.

"운명이란 게 이렇게 행복한 것일 수가 있을까요……."

서로의 얼굴을 향한 그들의 눈동자 속에선 현생의 그들 얼굴에 각자 전생에서 보았던 서로의 가장 아름다웠던 순간순간이 겹쳐 보였다.

"이런 감정을 뭐라고 부를 수 있을까요? 수없이 많은 세월을 함께했는데도 새로 만나는 사이처럼 설레이는 이 역설적인 기쁨을? 봄처럼 향긋하면서도 가을처럼 무르익은 두 사람이 우리 말고 세상에 또 있을 수 있을까요? 세상이 운명이란 이름으로 우리에게 있을 수 없는 최고의 선물을 가져다준 걸까요? 전생 여행을 알게 된 뒤로 저는 늘 놀람과 더 큰 놀람의 연속이었어요. 오랜 사이처럼 편안하면서 처음 만난 사이처럼 설렐 수가 있다는 걸 저는 믿기 힘들었었어요. 아니, 사실은 그런 감정이 드는 관계를 생각조차 해 본 적이 없었어요. 누구라도 그렇게 생각하겠지만, 감정의 관계라는 건 시간이 지나면서 변하잖아요. 하지만 우리 앞에선, 시간도 세월도 허구에 불과해요. 운명이란 건 그것보다 강력한 무엇인가 봐요. 과거와 현재와 미래를 넘나들며 우리에게 어느 시점에서든 행복을 가져다주잖아요. 우리에겐 과거의 행복이…… 곧 미래의 행복이니까요."

남자가 말을 이어가면서 두 사람은 자신들의 현생에서의 모습이 차츰 희미해져 가고 있음을 느끼고 있었다. 그들의 눈동자에 비친 자신들은 본사 건물의 대기 공간에서 우연히 마주친 두 사람이 더 이상 죽고 없어져 가고 있으며, 수많은 생애에서 끝까지 함께였었던 그 연인이 이번에도 다시 서로의 앞에 서서 어느 생에서 그랬듯 마주한 상대의 가장 행복한 순간이 되어주고 있었다.

지금 이 순간이 주는 벅찬 감정에 부푼 겨운 가슴을 안으며 주은결은 자신의 왕세자에게 속삭였다.

"저는 늘 잃어버린 제 과거를 찾으려고 했어요. 전생 여행이란 게 세상에 선보여졌을 때 저는 직감적으로 알았어요. 그게 내 삶의 답이 될 거라는 걸. 하지만 대체 왜 전생이 내 삶의 답이 된다는 것인지, 제가 왜 이렇게 전생을 되찾고 싶어하는지 그때는 이해할 수 없었죠. 그곳에 직접 찾아가 보고서야 알겠더라고요. 제가 사실은 무얼 되찾으려 했던 것이었는지……."

속삭임은 이내 환희에 찬 눈으로 상대를 응시하며 서로의 얼굴에 손을 둘러 감싸는 어루만짐이 되어 있었다.

"전생에서 우린 참 행복했죠……? 그쪽의 전생에서도 그랬나요?"

금방이라도 기쁨의 눈물이 쏟아질 것 같은 얼굴로 그녀는 남자의 양 뺨을 어루만지고 있었다. 잠시 생각하던 남자는 이렇게 덧붙였다.

"네. 근데 전… 지금이 더 행복해질 것 같아요."

그 말을 끝으로 두 사람에겐 세상이 멈춘 듯 고요해졌다.
피로연의 소리는 더 이상 들리지 않는 듯했다. 마치 세상에 둘만 있는 것처럼, 두 사람은 아무 말도 아무 미동도 하지 않은 채 서로의 얼굴만 응시할 뿐이었다. 이미 손은 상대의 표정을 감싸 안은 채로, 손 안에 쥔 상대의 웃는 모습을 바로 코앞에 받쳐든 채로 눈 하나 끔뻑이지 않으며 일 초 일 초가 서서히 그들의 곁에서 스쳐나갔다.

일 초씩 일 초씩 그들의 얼굴은 서로에게 가까워져 갔다. 서로에게 수렴하는 두 사람의 눈동자 사이로 각자 상대의 입술이 내려다보였다. 입술이 가까워지면서 상대의 숨결도 진하게 와닿았다. 숨을 들이쉬기만 해도 들릴 거리가 되자 두 사람은 눈을 질끈 감았다. 서로의 입술 떨림이 느껴졌다.

"흐흠!"

고의성이 느껴지는 헛기침 소리에 두 사람은 서로에게 붙으려던 얼굴을 떼고 바라봤다. 고은영 박사였다.

"두 사람, 아직 현생에서는 연인이 아니니까 이렇게 사람 많은 자리에서 그러시면 난처해질 수 있어요. 딴 데 가시든가 공식적인 관계로 발표하시고 나서 하세요. 안 그럼 사진 찍혀서 기사 나갈걸요."

반쯤 실소 섞인 얼굴로 그들을 능글맞게 쳐다보는 박사의 뒤로 두 사람은 어색함에 서로 떨어져서 말없이 시선을 피했다. 박사 옆에는 웬 여자가 한쪽 팔을 그녀의 어깨에 올려 둔 채 서서 구경이라도 난 듯 벌어진 입을 다물지 못하며 놀라워 웃는 얼굴로 두 사람과 박사를 번갈아 바라보고 있었다.

시선으로 그녀가 누구인지 묻는 두 사람에 박사는 대답했다.

"제 친구를 소개할게요. 혹시 들어 보셨을까 모르겠네요. '물병백조'라고… 두 사람의 광팬인데."

자신을 '물병백조'라는 활동명으로 소개하는 여자가 수줍게 다가서서 두 사람과 악수를 했다. 악수를 하면서도 그녀는 믿기지가 않는 듯 재차 벌어진 입을 손으로 가리며 조그만 감탄사들을 끊임없이 내뱉고 있었다.

"정말 영광이에요…! 와아! 이렇게 실물로 영접하다니! 진짜 한 번 만나 뵙고 싶었거든요. 진짜, 우와! 말도 안 돼!"

한 사람 한 사람씩 맞잡은 손을 흔들 때마다 그녀의 오두방정은 정도를 더해 갔다. 주은결이 물었다.

"인터넷에서 방송하시는 분이시죠……? 팟캐스트 같은 거."

"네! '물병백조의 역행 일기'라는 제목으로 거의 매일 밤 하고 있어요! 헉, 혹시 보셨어요?"

그녀의 눈이 빤짝하고 빛나며 주은결을 한 번 쳐다봤다. 이윽고 시선을 돌린 그녀는 남자에게도 물었다.

"1호 역행인 님은요?"

희망이 가득한 얼굴로 물은 그녀였지만 돌아오는 건 얼떨떨함 섞인 남자의 어색한 억지웃음뿐이었다.

"이 분은 인터넷 방송보다는 전생 방송에 더 관심이 있는 모양이에요. 하하."

"아하하…… 그렇군요."

주은결의 농담에 같이 웃어넘기면서도 일부러 중간 중간 우는 듯한 표정을 과장되게 섞어 보이는 그녀였다.

"이 친구 방송 전생 여행자들 사이에서 청취자가 꽤 많아요." 고은영 박사가 대신 나서서 친구가 하는 일을 홍보해 주었다. "방송에서 주로 이야기하는 주제는 전생 경험담, 역행인의 전생, 운명론과 인연, 결정론과 자유 의지론, 필연적 사랑, 그리고…… 여러분이죠."

옅은 미소 띤 얼굴로 그녀가 툭 던진 마지막 말에 두 사람은 눈을 동그랗게 떴다.

"방송에서 저희 얘기를 한다고요?"

그러자 물병백조가 펄쩍 뛸 듯한 환희에 차서 외쳤다. "두 분을 부러워하는 사람이 얼마나 많은데요!"

두 사람과 이야기하는 그녀의 입꼬리는 말하는 동안 귀에 걸리듯 벌어져 내려올 생각을 않고 있었다.

"두 분의 이야기는 사랑의 역사를 새로 쓴 엄청난 사건이에요. 이제 사람들은 사랑을 단순히 근처에 살던 두 사람이 만나 한 생애동안 감정을 교환하고 흙으로 돌아가 먼지만 쌓이는 앨범에서만 기억되는 하찮은 것으로 보지 않는다고요. 사랑이란 예술에 두 분은 새 장을 여신 거예요. 누가 이런 이야기를 듣고 싶지 않겠어요? 자신의 운명을 알고 싶지 않은 사람은 없잖아요? 두 분은, 서로가 서로의 운명을 알고 계세요. 아니, 서로가 서로의 운명임을 알고 계시죠. 모든 전생 여행자들이 이런 걸 바라지 않을까요? 이 세상에 있는 얼마나 많은 역행인들이 1호 역행인을 우상으로 알고 있겠어요? 두 분의 이야기는 전생 시대를 이야기할 때 빠지려야 빠질 수가 없는 주제라고요. 두 분은 선구자예요. 전생 여행을 주제로 방송을 하는 사람들은 두 분의 발자취를 뒤따라가며 거기에 내러티브만 덧붙여서 사람들에게 팔아넘기는 것에 불과해요. 진짜 스타는 두 분이라고요!"

"그-그래요, 알았어요. 하하하……."

적극적으로 달려드는 그녀의 넘치는 팬심에 두 사람은 한 발짝 물러나며 땀 묻은 미소를 지어 보였다.

"오늘 본 건 아무한테도 얘기 안 할게요. 공식적인 걸로 발표 나기 전까진 제 가슴 속에만 머물러 있을 거예요. 제 절친이 모처럼 신경 써줘서 어렵게 만나 뵌 자리인데 그런 실례를 범할 순 없죠."

자신의 모든 감상을 하나하나 대사로 만들어 가며 과장된 몸짓으로 표현해 내는 방송인 앞에서 두 사람은 의아해졌다.

"둘은 어쩌다가 절친이 된 거예요?"

주은결이 고은영 박사에게 물었다. 그녀의 질문에 박사는 조용히 의미 모를 미소만 지어 보였다.

"보아하니, 현생의 인연이 전생에도 이어지는 게 두 분만이 아닌 모양이더라고요." 이윽고 박사가 히죽임 반 차분함 반

묻은 목소리로 말문을 열어 이어나갔다. "저도 제 전생을 탐험하던 중에 뗄 수 없는 절친한 인연을 만났어요. 당시 저의 생애에선 그 사람이 가장 소중한 친구였죠. 그런데 전생 이전의 전생으로 가 보니 그녀가 거기에 또 있는 거예요. 그때 저는 깨달았죠. 저한테도 삶을 뛰어넘는 운명의 사람이 있다는 걸요. 현생에서 만난 지는 얼마 안 되었어요. 얼마 전에 전생 여행을 하러 예약을 잡은 고객이 저를 꼭 만나고 싶다고 하더라고요. 배정된 엔지니어도 아니었던 저를 계속 고집하길래 한번 만나 보기로 했던 것이 직접 마주앉아 얼굴을 보자마자 딱 그 이유를 알 수 있었죠. 본사 직원 중에 제가 있다는 걸 알고는 저에게 만남을 신청한 거였어요. 우리 둘 중 어느 누구라 해도 어느 생애에서든 그랬을 터이듯이."

"그럼, 두 분도—?"

박사가 꺼내 든 충격적인 사실에 두 사람은 흠칫 놀라는 얼굴이었다. 물병백조가 또 한 번 펄쩍 뛸 듯한 표정으로 맞장구치며 외쳤다.

"네. 저희도 여러분하고 같아요! 두 분의 영원한 인연, 그 가장 빛나는 이어짐이 저한테도 있었다는 걸 알았을 때 제가 얼마나 기뻤는지 모를 거예요!"

그녀는 처음 두 사람 앞에 모습을 보였을 때처럼 다시 박사의 곁으로 가 그녀의 어깨에 팔을 올려놓았다.

"이게 무슨 의미일까요?"

자신을 품에 담으려는 방송인의 아양 옆으로 박사가 두 사람을 바라보며 물었다.

"운명……." 운을 떼는 주은결의 얼굴은 사뭇 진지해졌다. "세상에는 한 생애만으로 끝나지 않는 운명이 여럿 있다는 것이겠죠."

"두 분이나 저희 같은 사람이 더 있을 수도 있겠네요."

"네. 어쩌면 아직 자신의 운명을 찾지 못한 전생 여행자들이 많이 있을지도 몰라요. 두 분은 순행인이신가요, 역행인이신가요?"

"저는 순행인이에요. 이 친구가 역행인이고요."

"그럼 두 분은 단순히 전생 너머의 전생에서도 친구였던 것뿐만 아니라, 순행인과 역행인이 짝을 이뤘다는 것까지 저희와 똑같은 거네요?"

박사는 말 대신 고개를 끄덕여 대답을 대신했다. 그 옆으로 그녀에게 찰싹 붙은 채 밤하늘의 별빛처럼 빛나는 감격의 눈빛을 쏘아 올리는 역행인이 보이고 있었다.

"흥미로운 사실이네요……."

주은결은 생각에 잠긴 표정을 지었다.

"순행인끼리 짝을 이루거나 역행인끼리 짝을 이루는 경우도 있었나요?" 또 다른 역행인인 남자가 끼어들어 말문을 열었다.

"글쎄요……," 박사는 스읍 난처한 숨을 들이마셨다. "애시당초 이와 같은 사례에 저희가 주목한 지가 얼마 안 되었어서요……. 본사에서도 두 분의 경우가 발견되기 전까진 한 생의 인연이 다른 생에서도 이어질 수 있다는 것에 신경을 안 쓰고 있었고요. 현생에서 알던 사람끼리 전생 여행 과정에서 조우하는 일이라면 사례가 있긴 한데, 순행 인연이나 역행 인연이라고 할 만한 경우가 존재하는지까지는……."

마지막엔 눈까지 찡그리며 고개를 갸웃하던 박사는 원래의 호기로운 얼굴로 돌아와 말을 이어갔다.

"한번 본사에 문의해 볼게요. 본사는 지금 역행 전생 여행을 통한 미래 발견에 혈안이 되어 있는데, 오히려 미래보다 사람들의 인연을 찾아 주는 일이 더 사업성 있을지도 모르죠. 흥미로운 연구 소재가 되겠네요."

건치가 드러나는 미소로 화답한 그녀 곁에서 물병백조도 맞장구치듯 말 한 마디마디마다 고개를 끄덕이고 있었다.

"분명 멋진 모험이 될 거예요!"

밥상에 숟가락 얹듯 그녀는 기쁨을 한 움큼 담아 외쳤다.

워낙 표현하는 몸짓 하나하나가 큰 탓에 그녀가 뭔가 말을 할 때마다 파티장에 있던 사람들이 시나브로 눈을 흘깃하며 가까이 모여들고 있었다.

"우리가 눈길을 너무 많이 끌었네요." 주변을 둘러보며 고은영 박사가 말했다.

"유명인 셋에 본사 직원, 주의가 쏠릴 만한 상황에 두 분을 너무 오래 붙잡아 둔 것 같아요. 저희는 이만 두 분끼리 파티를 즐기실 수 있게 물러나는 게 어떨까요?" 능글맞은 미소로 말을 이어가던 그녀는 마지막 순간에 자신의 절친 쪽으로 고개를 돌리며 물었다.

"본사에서 뵙는 걸로 하면 될까요?"

주은결이 턱짓으로 다시 그녀의 주의를 가져오며 말했다.

"이제 두 분도 본사의 가족이나 마찬가지예요. 원하시는 때에 얼마든지 들러 주세요." 고객을 마주하듯 안내원 특유의 웃는 얼굴로 돌아온 박사는 상냥한 목소리로 말을 이어갔다. "오시면 연구 진행 상황도 공유해 드릴게요. 요새 본사에서 전생 여행 장비 성능을 대폭 향상시키고 있는 거 아세요? 윗선에서도 마침내 현생의 바로 이전 생 너머의 전생을 탐험하는 것의 중요함을 실감한 모양이에요. 우리가 단순히 고객들에게 제일 가까이 있는 전생 하나 달랑 보여주고 돈 받는 서커스 단원이 아니란 걸 깨달은 거죠. 과거와 미래라는 장막 너머에서 우릴 기다리는 무수히 많은 모험들이 있는데, 우리가 찾아가서 인사를 건네야 하지 않겠어요?"

마치 그녀의 절친을 연상시킬 만큼 반짝이는 눈망울로 박사는 두 사람을 바라보고 있었다.

"앞으로 재밌어질 거예요. 같이 와서 여행을 떠나 봐요."

등장했을 때와 마찬가지로 그녀는 헛기침과 함께 두 사람 앞에서 그렇게 한마디 휙 던지며 절친을 데리고 바람처럼 시야에서 사라져 갔다. 조금 전까지 두 고객을 향하고 있던 반짝거리는 윤광의 눈빛이 의아하게 보일 정도로 갑작스런 대화의 마무리였다. 마치 일부러 대화중에 열정을 내비치고는 그와 대비되는 퇴장으로 궁금증을 유발하려는 의도가 깔려 있는 듯했다.

박사와 함께 등을 보이며 멀어지는 물병백조의 주위로 그녀를 알아보며 사인을 요청하는 몇몇 사람들이 몰려드는 것이 두 사람의 눈에 비친 그들의 마지막 모습이었다.

# 2

## 새로운 발견

 방금 헤어졌던 그 사람. 지금도 잔상이 남아 아른거리는 그 사람의 모습이 마지막이라면 어떨까?

 아침부터 주은결은 이런 심란한 질문과 함께 뒤숭숭한 잠자리에서 몸을 일으킬 수밖에 없었다. 간밤에 꾸었던 꿈 때문에 영 상쾌하지 못한 기분으로 하루를 시작한 그녀는 아침부터 그녀의 역행인 동반자에게 전화를 걸어 안부를 물었다. 연결음이 몇 번 이어지도록 상대가 받질 않자 짜증을 내며 전화를 끊으려던 찰나 그가 딸깍하며 방금 깬 잠긴 목소리로 그녀의 울상을 달래주는 저음의 응답을 하였다.

 통화는 길게 이어지지 않았고, 별 특별한 내용이 오간 것도 없었지만 대화를 마친 그녀의 기분은 한결 나아졌다. 안

도감이라고 할 수 있었다.

수화기를 내려놓은 그녀의 뇌리에 꿈의 내용이 번뜩 떠올랐다.

꿈에서 그녀는 전생 여행을 하고 있었다. 그러나 이 전생은 뭔가가 달랐다. 이 전생엔 그 사람이 없었다.

그녀가 여행하는 모든 전생마다 가장 행복한 순간에 그녀와 함께했었던 그, 매번 삶의 마지막 순간에 그녀가 눈물을 흘리면서도 끝에 가서는 미소를 지을 수 있었던 운명적 이유가 없는 삶이었다. 이 삶에서 그녀는 누굴 만나도 운명이 아니었고, 여행이 끝난 뒤에 다음 전생을 기대할 이유도 없는 상태로 그녀는 눈을 뜨고 일어나야만 했다.

침대에서 벌컥 몸을 일으킨 그녀의 등골은 서늘했다. 정말 기분 나쁜 두려움을 상상하게 만드는 꿈이었다. 통화를 하고 그의 목소리를 들으면서 나아졌던 기분도 그 꿈을 떠올리자 다시 불안한 마음으로 물들었다.

다음 전생 여행부터 그 사람이 안 보이면 어떡하지?

불안감이 몰려오듯 올라오자 그녀는 휙 고개를 흔들어 생각을 털고는 시간을 확인하기 위해 손에 쥔 휴대전화로 시선을 옮겼다. 그녀가 전화를 건 시간보다 한참 먼저 누군가에게서 메시지가 와 있었다. 먼젓번에 한 약속을 잊지 않았는지 확인하는 고은영 박사의 문자 메시지였다.

물론 그녀는 약속을 잊지 않았다. 멍하니 생각에 잠겨 있을 때가 아니었다. 시간에 맞게 가려면 서둘러 나갈 채비를 마쳐야 했다.

머리 모양이 완전히 마음에 들진 않았지만 그녀는 화장대 앞에 계속 앉아 있으려는 몸을 억지로 잡아끌고 서둘러 구두를 신으며 현관을 나섰다. 역시나 이번에도 버스 시간에 늦지 않는 게 관건이었다.

지난번 파티에서 눈앞에 나타나 궁금함만 유발시키고 갑자기 사라졌었던 박사와 물병백조. 주은결은 그 두 사람이 새로운 장비를 테스트하겠다고 한 날에 맞춰 본사를 찾아 초대받은 자리에서 함께 그들의 여정을 목도하기로 했다. 그녀가 본사에 도착해 직원이 안내하는 방문을 열고 들어섰을 때 박사는 컴퓨터실에서 금방 가동한 새 전생 여행 장비와 함께 여행을 막 지휘하려는 참이었다.

"보이는 건 어때? 막 시야가 불편하거나 하진 않아?"

자리에 착석하려는 주은결과 옆자리에서 가볍게 인사를 주고받은 박사가 마이크를 켜고는 그렇게 기록실 안에서 눈 감고 누워 있는 여성을 향해 운을 띄웠다.

"선명해. 소름 돋을 정도로. 지난번 여행보다 더 멀리 온 건데도 보이는 게 더 뚜렷해서 혼란스러울 정도야."

여성의 대답이 스피커를 통해 유리창 너머로 건너왔다. 모든 생에서 함께였던 순행인 역행인 한 쌍. 가장 떨어질 수 없는 두 사람의 대화가 한 마디 한 마디 진행될 때마다 주은결은 바로 옆에서 그들의 담화를 실황으로 듣고 있었다.

"그래. 선명한 모습으로 보이는 바로 지금 무엇을 보고 있는지 얘기해 줘." 박사가 점차 본연의 임무에 충실한 엔지니어의 어조로 돌아오며 대화를 이어나갔다.

"외계 행성이야……. 사람들이 다들 이상한 기계를 장착한 채로 돌아다니고 있어. 마치 개조인간처럼……. 연도를 가늠할 만한 근거를 못 찾겠어. 이미 우리가 시간대를 유추할 때 쓰는 통상적인 척도들이 적용되지 않을 만큼 먼 미래인 것 같아."

주은결은 고개를 돌려 박사 쪽을 우두커니 바라보았다.

"지금 저 친구는 벌써 다섯 번째 전생에 있어요." 그녀의 시선에 박사가 슬쩍 귀띔해 주었다. 주은결은 입이 떡 벌어지며 놀라는 표정을 지었다.

벌써 다섯 번째라니! 나조차도 네 번째 전생에서 수신 상태가 글러 먹어서 모험을 포기하고 빈손으로 눈을 떴는데!

"이번 타임머신, 성능이 굉장하죠?" 그녀의 생각을 읽기라도 한 듯 박사가 으스대며 말했다. 휘둥그레진 눈과 입이 그대로 유지된 채 주은결의 고개는 위아래로 흔들거렸다.

"더 얘기해 줘 봐. 내 미래가 어떻게 되어 있는지 자세히 좀 알게." 한껏 의기양양해진 박사가 기세를 몰아 이어나갔다.

"이건 진짜 못 믿을걸. 방금 이 전생의 너를 만났는데…, 남자야! 여기선 우리가 이성으로서 맺어지는 걸로 되어 있어."

"그건 도대체 무슨 소리야? 그냥 다른 남자인데 네가 착각하는 거 아냐?" 여행자가 전하는 황당한 정보에 박사는 실소를 터트리며 거들먹였다.

"내가 너를 몰라볼 리가 없잖아. 나랑 사귀는 남자랍시고 다가온 사람이라서 얼굴을 봤어. 남자의 얼굴을 하고 있지만 분명 너야! 내가 지난 생애들에서 늘 봐 왔던 그 사람이라고!"

굽히지 않는 물병백조에 주은결과 박사는 눈길이 서로를 향했다.

"……진짜일까요?"

박사를 바라보며 묻는 주은결의 표정은 꽤나 진지해져 있었다. 박사는 다시 기록실 쪽으로 시선을 드리우며 말했다.

"저 친구가 말한다면 저는 믿어요."

침착한 얼굴을 유지하고 있는 그녀와 대비되어 여전히 내적 혼란이 가라앉지 않은 듯한 표정으로 응시하는 주은결이었다.

"그러면요……. 그렇다고 한다면-"

"어쩌면 이게 그동안 두 분이나 저희 같은 인연이 발견되지 못했던 이유일 수도 있죠." 말문이 쉽게 트이지 않는 그녀 곁으로 박사가 차분하게 이야기를 이어나갔다. "우리는 그동안 한 생에서 친구로 만난 인연은 다른 생에서도 친구로, 한 생에서 연인으로 만난 인연은 다른 생에서도 연인으로 만날 거라고 전제하면서 전생 여행자들 사이에 그런 만남이 있었는지를 찾고 있었어요. 그게 우리의 선입견이었다고 한다면, 전생 여행자의 인연을 찾는 것은 우리가 당초에 생각했던 것만큼 단순한 일이 아니었다는 것이죠. 사실은 두 분이나 저희 같은 사람들이 많이 있음에도, 그들의 인연이 감춰져 있어서 우리가 발견하지 못하는 걸지도 몰라요. 전생에서 부부였던 사람이 전전생에서는 친구 사이라면 그 둘이 사실은 같은 한 쌍의 인연이라는 것이 명확하질 않잖아요. 숨은 인연이라, 이건 분명 앞으로의 연구에 있어 변수로 작용할 거예요."

주은결은 그녀의 말에 오늘 아침에 꾸었던 꿈이 떠올랐다.

"제 전생에서도 같은 상황이 일어날 수 있겠네요. 늘 남자의 모습이었던 그 분이-"

"다른 전생에서는 남자가 아닐 수도 있는 것이죠."

"당장 다음 전생 여행에서부터 제가 알던 그 사람의 모습이 안 보일 수도 있다는 거군요."

"지금 제 친구가 그러듯, 설령 다른 모습으로 나타나더라도 알아보셔야 해요. 두 분의 관계가 워낙 각별했으니 알아보실 거라고 믿어요."

잠시 뜸을 들인 박사는 곧이어 덧붙였다.

"저도… 같은 상황에서 저 친구를 알아볼 테니까요. 적어도 그렇게 믿고 싶네요."

나란히 앉아 잠연히 유리 너머의 전생 여행자를 바라보고 있는 두 사람. 아무런 말 없이 그들은 이미 서로의 마음을 느끼고 있었다.

"어때? 남자가 돼 버린 나랑 보내는 색다른 인연의 시간은?"

옅은 미소를 띠며 가만히 응시만 하고 있던 박사의 고개가 마이크 쪽으로 미끄러져 내려와 해쭉이는 양념으로 대화를 이어갔다.

"불가사의한 세계야……. 너랑 나랑 어떤 커다란 기계 안에 들어가 누워 있어. 기계 안에서는 막 분홍빛 스파크가 일렁이고 있는데, 불꽃이 한 번 확 치솟을 때마다 눈앞이 섬광으로 꽉 차더니 눈을 감자 단편적인 이미지들이 펼쳐지는 시냇물이 흐르기 시작해. 조각조각 흐르는 장면들이 내 눈 속으로 헤엄쳐 오고 있어. 모두 너와 내가 함께했던 모습들이야……."

눈을 감은 채 잠시 이미지들을 감상하는 기분에 젖어 있던 물병백조는 곧이어 소스라치게 놀란 목소리로 묘사를 이어 갔다.

"그런데 이 장면들 지금 내가 있는 생의 것들이 아니야! 내가 이전에 여행했던 전생들이야! 내 전생 여행에서 보았던 장면들이 이번엔 너의 시점에서 재생되고 있어. 정말 짧게 지나갔지만 현생의 모습도 보여! 물병백조라는 이름을 쓰는 친구를 바라보는 사람……, 너의 시점에서 본 세상은 이런 모습이구나."

그녀는 놀라움과 감탄을 감추지 못하는 얼굴로 감긴 눈에 신경을 집중하며 말을 이어갔다.

"그 다음에 보이는 건…, 나는 처음 보는 것들이야. 사극에서 나올 법한 배경들이 빠른 속도로 내 눈을 지나쳐 가고 있어. 이거 너의 전생들이잖아! 그렇지? 네가 얘기해줬던 장면들이 기억나. 그걸 내가 지금 실제로 보고 있는 거야. 말도 안 돼!"

엄청난 흥분감에 젖어 열변조로 상황을 묘사하던 그녀는

잠시 후 눈앞이 빙빙 도는지 어지럽다는 얼굴을 하며 한 마디 한 마디 뱉어 나갔다.

"모든 게 너무 빨리 지나가. 어떤 장면을 식별해내기가 어려울 지경이야…. 지금 엄청나게 전생으로 온 것 같은데 뭐가 뭔지 잘 보이지가 않고 있어……. 너무 어지러워지자 네 쪽에서 먼저 일어나서 기계를 정지시켰어. 이미지 체험은 여기까지인 것 같아……."

전생 여행이 끝났을 때와 너무도 유사한 상황에 하마터면 자신의 몸을 일으킬 뻔한 그녀. 그녀는 침착하게 좌석의 머리맡에 도로 누워 보이는 것에 집중했다.

"깨어난 내가 서서히 몸을 일으키자 네가 와서 괜찮냐고 물어봐. 나는 아직도 어안이 벙벙한 모양이야. 놀람으로 경직된 얼굴이 풀리지도 않은 채로 내가 말해. 지금 제가 무얼 본 건가요, 라고. 너는 이렇게 대답해. 저한테는 사랑하는 사람의 미래를 보는 예지력 같은 게 있는 것 같아요. 그러면서 나에게 장난스레 웃어 보여……."

좌석에 누운 채로 그녀는 엔지니어가 있는 컴퓨터실을 향해 고개를 돌려 외쳤다.

"예지력 같은 게 아니잖아. 지금 난 너의 전생들을 체험한 거라고. 그것도 내 전생 안에서!"

"그래, 우리도 우리 나름대로 상황을 파악하는 중이야. 흔들리지 말고 여행에 집중해 줘."

마이크로 흥분한 그녀를 진정시킨 박사는 곧바로 돌아앉아 주은결과 논의를 시작했다.

"이런 경우는 처음 보시죠? 전생 여행에서 전생 여행 장비를 마주하다니……."

얼떨떨함이 가시지 않는 박사의 창백한 낯빛이 담뱃재 같은 컴퓨터실의 배경 속에 붙붙는 동안 주은결은 곰곰이 생각하는 얼굴을 내비쳤다.

"전생 여행 장비라고 단정하긴 이르지 않을까요?"

이윽고 그녀가 말문을 열었다.

"제 말은, 우리가 아는 전생 여행 장비는 여행자 자신의 전생을 보게 해 주는 기술이란 거죠. 자신이 아닌 다른 사람한테 자신의 전생을 보게 만드는 기계는 우리가 금시초문이잖아요."

"그렇지만 저기 분명히 그런 장비가-"

"어쩌면 그게 전생을 보여 주는 게 아니고, 이미 자신이 보고 있는 과거의 이미지들을 다른 사람과 연결해서 같이 볼 수 있게 하는 기기이지 않을까 하는 생각도 들어요. 영화 같은 데 나오잖아요. 자신의 머릿속을 화상으로 구현해서 상대에게 공유하는, 막 그런 미래적인 기계들이요."

"전생은 다른 곳에서 이미 보고 왔고, 거기서 본 전생을 상대에게 공유하는 장비일 뿐이다?"

잠시 생각하던 박사는 이어 물었다.

"그럼 전생은 어떻게 본 걸까요? 거기에도 이곳의 타임머신에 해당하는 전생 여행 장비가 존재하는 거겠죠?"

"이건 제 느낌인데……," 그녀의 물음에 주은결도 심각한 얼굴을 하며 이어갔다. "뭔가 미래의 사람들은, 전생 여행 장비 없이도 전생을 알고 있을 것만 같지 않아요?"

"그게 도대체 무슨 얘기인가요?"

영문을 모르겠다는 얼굴로 반문한 박사에게 주은결은 자세를 고쳐 앉으며 본격적으로 얘기를 시작했다.

"전생 여행을 하다보면 늘 그런 느낌 안 들어요? 뭔가 저는 되게 지금 살고 있는 삶에 집착하는데, 같이 있는 사람은 항상 삶을 좀 더 장기적으로 보고 통달해 있다는 느낌? 보면 늘 저는 마지막 순간에 울부짖거든요. 근데 그때마다 마치 이게 끝이 아니라는 듯한 얼굴을 하며 나를 위로해주는 사람이 있잖아요. 그럴 때마다 저는 이 사람이 우리가 다음 생에 또 만날 것임을 알고 있다는 듯한 느낌을 받아요. 박사님은 그렇지 않으세요? 박사님의 전생들에서 저 분은 어땠나요?"

그녀가 던진 질문이 박사를 생각에 잠기게 했다.

"……말씀을 듣고 보니 항상 제가 울 때마다 저 친구가 위로해줬던 것 같아요. 마지막 순간에도 저 친구는 의연한 안색을 잃지 않았던 반면, 저는 이게 끝이라는 것에 눈물이 앞을 가리기만 했죠. 그 반대였던 경우는 없었던 것 같아요."

"그렇죠? 항상 그런 달관해 있는 듯한 모습을 보이는 건 꼭 역행인 쪽이란 말이죠. 그런데 그쪽 얘기를 들어보면 꼭 그런 것도 아니에요."

"저 친구의 전생들 속 저에 대한 묘사를 들으며 꼭 제 전생 속 저 친구와 쏙 빼닮았다는 생각도 들었어요. 마치 제 전생 속 저 친구가 미래에 저로 태어나기라도 한 듯이……. 제 전생에서 저 친구가 보여줬던 모습들을 미래의 제가 보여주고 있었거든요."

"바로 그거예요."

주은결은 자신의 말이 스며들도록 잠깐의 시간을 둔 뒤 다시 이어나갔다.

"우리는 항상 전생에서 상대의 미래 모습과 마주하는 거잖아요. 박사님의 전생은 저 분의 미래고, 저 분의 전생은 박사님의 미래인데 미래의 저 분에 대한 묘사와 미래의 박사님에 대한 묘사가 마치 같은 사람인 것처럼 동일한 모습을 보여요. 저도 마찬가지예요. 우리 모두 서로의 미래 모습과 함께하며 위로받고, 죽음을 초월한 듯한 미소에 상대가 환생이란 것에 대해 알고 있는 것 같다는 짐작을 어렴풋이 하게 되는 거죠. 그런데 순행인이든 역행인이든 관계없이 우리가 그런 묘사를 하는 상대는 항상 미래의 사람이에요. 그래서 제 생각엔 사람이 환생을 하면 할수록 더 전생이란 개념에 대해 눈이 뜨이는 뭔가가 있지 않나, 지금은 우리가 타임머신의 힘을 빌리지 않고는 전생을 알 수 없지만 미래에는 뭔가 전생을 엿보는 직관 같은 것이 환생에 환생을 거치며 생기는 것이 아닌가 하는 거죠."

"타임머신 없이도…… 전생을 본다고요?"

"우리가 기계를 통해 보는 것과 비슷하게 상이 떠오르는 건지, 어느 정도로 자세하게 전생을 파악할 수 있는 건지는 모르죠. 그러나 직관으로라도 전생을 알고 있다고 한다면 우리가 전생 여행에서 보았던 많은 것들이 납득이 가지 않나요? 왜 이 사람은 모든 걸 알고 있는 듯이 말할 때가 많을까, 왜 이 사람은 마지막 순간의 그 역경 속에서도 나에게 보이던 그 미소를 지킬 수가 있는 걸까, 왜 이 사람은 우리의 사랑에 대한 믿음이 그토록 강할 수가 있는 걸까, 그리고 왜 이 사람은 내가 그 사람을 보며 한 이런 묘사들을 자신의 전생 속

나를 보면서 똑같이 하는 걸까……. 전생 여행을 하시면서 이런 궁금함 없었어요?"

그녀의 물음에 박사는 기억을 회상하는 듯 눈동자를 구석으로 치켜세웠다.

"지금 말씀하신 것들이 모두 제가 저 친구를 떼려야 뗄 수 없는 절친으로 생각하게 만드는 것들이에요. 여러 번의 전생 여행 속에서, 그때그때마다 상황은 달랐지만 변하지 않는 무언가가 친구에겐 꼭 있었어요. 분명 저 친구도 자신의 전생 속 저에게서 그 모습을 발견하고는 우리가 인연임을 직감했던 거예요. 그런…… 초연하고 지혜로우면서 상대를 위함에 있어 흔들리지 않는 기질이 우리를 맺어 주었던 거죠."

"저도 마찬가지라고 할 수 있겠네요."

주은결은 의자를 돌려 아예 박사 쪽을 향하여 앉았다.

"우리 모두… 전생 여행에서 보았던 상대의 모습 때문에 현생에서도 그 사람과 가까워질 수 있었던 것 아니겠어요? 설령 현생의 그 사람이 전생처럼 초연하고 지혜롭지 않다고 하더라도요. 그 사람도 자신의 전생에서 제가 보일 모습 때문에 저를 잊지 못하고 현생에서 같이 있고 싶은 거겠죠. 제가 이렇게 한참 부족한 사람인데도요."

"그런 말 마세요. 절대 그렇지 않아요."

그녀의 마지막 말에 박사는 고개를 가로저었다. 박사의 부정에 예의상 짓는 웃음과 함께 감사의 고개를 끄덕여 화답하는 그녀였다.

"그렇지만 이렇게 생각할수록 더욱 낭만적인 것 같지 않아요?"

다시 초롱초롱해진 눈망울로 주은결은 자신의 견해를 이어나갔다.

"지금의 내가 부족한 사람이어도, 그 사람은 미래의 내가 어떤 사람일지를 보는 거잖아요. 그 미래의 모습이 그 사람으로 하여금 저를 그렇게 사랑하게 만들었다면, 한 치 앞도 몰라 불안해하는 우리의 삶에서 이보다 더 큰 희망이 어디 있겠어요. 저는 정말, 이 사람이 저랑 함께하고 싶어 한다는 것만으로 이미 제 삶의 방향성이 보이는 것 같아요. 이 사람을 만난 덕분에 미래에는 더 좋은 사람이 되고 싶다는 마음이 생겼어요. 제 전생에서 이렇게까지 나를 위로해 준 그 사람이, 제 미래의 모습을 봤기 때문에 그렇게 했다고 생각한다면, 그 사람을 그렇게까지 바꿔놓은 게 미래의 저라고 한다면 저는 제 자신의 미래에 대해 너무 기대가 돼요. 지금의 제 자신을 바꿔놓은 과거의 인연을 저에게 선물해 준 건 미래의 주은결이란 말이죠. 그러한 제 미래를 알고 나니, 저는 꼭 그런 사람이 되고 싶어졌어요. 미래의 주은결은 이제 저에게 동경의 대상이 된 거예요. 그녀가 미래의 세상에 미친 선한 영향력의 결과를 과거에서 운명의 짝의 품에서 느끼면서 그렇게 받은 사랑을 실천하는 사람이 되겠다고 다짐하는…… 그런 성장의 길로 저를 인도하는 선생님 같은 존재라고 할 수 있죠. 그리고 가장 낭만적인 건, 그런 미래의 제 모습을 거울로 비추듯 반사시켜 과거의 저에게 보여준 사람이 있었기 때문에 저는 이 선생님을 동경할 수 있게 됐다는 거예요. 말하자면 미래의 제 자신은 과거의 저에게 인연을 선물해 주었고…… 과거의 제 인연은 현재의 저에게 미래의 제 자신을 선물로 주고 있는 거죠."

그녀의 일장 연설에 방점을 찍는 마지막 문장이 박사의 머릿속에서 징 하는 울림을 주었다. 경이롭다는 얼굴로 몇 번 고개를 저은 박사는 곧이어 감탄의 미소를 덧붙였다. 그녀가 말했다.

"전생을 아는 것이 사람을 이렇게 로맨티스트로 바꿀 수가 있는 건가요. 타임머신이 개발되지 않았다면 우린 정말 어떻게 살았을까요!"

"전생이 만약 다른 모습이었다면, 그래서 사랑이 없고 행복을 찾을 수 없는 그런 생애들을 제가 살아왔던 것으로 밝혀졌었다면, 타임머신이 있었다 하더라도 저는 전생 여행을 그만두었을 거예요. 제가 살았던 전생이 그런 전생이 아니어서 참 다행이에요. 엄청난 축복이죠. 제가 사는 삶이…… 이런 삶이라는 게."

미소 짓는 그녀와 박사의 사이에서 또다시 확신에 젖은 무언의 눈빛이 오고갔다. 다시 마이크 쪽으로 몸을 튼 박사는 히죽이며 절친에게 말했다.

"어때? 축복받은 삶에 새로 나타난 내가 선물 같아?"

자신의 표현을 인용해 친구에게 장난스레 말을 거는 박사의 모습에서 주은결은 그만 피식 하고 웃음을 지었다. 두 친구를 그윽이 거두어보는 초연한 미소였다.

마침내 컴퓨터실로부터 반응이 오자 물병백조는 댐으로 막아 두었던 이야기들이 입에서 터지듯 쏟아져 나왔다.

"상상도 못할 거야. 네가 미래에 어떤 사람이 되어 있는지. 이 사람은 모든 걸 꿰뚫어보는 마법사 같아. 그가 하는 말에는 수많은 삶의 체험에서 얻은 지혜가 녹아 있어. 자신의 무수히 많은 전생 속에서 깨달은 것들이 한 마디 한 마디 말을 할 때마다 거름 위로 꽃처럼 피어나는 것만 같아. 그리고 이 사람은 나에게 충실해. 전에 봤던 어떤 너의 모습보다도 나를 진정성 있게 대하는 것 같아. 참… 놀랍다고밖에 하지 못하겠어."

"왜 그렇게 놀라워하는데?" 전에 없던 절친의 감탄 섞인 묘사에 미래의 자신한테 묘한 질투심 같은 것이 발동한 박사가 추궁하듯 헤쳐 물었다.

"내 청취자들 중에 항상 이런 질문을 하는 사람들이 있어. 모든 생애에서 함께하면, 답답하고 지겹지 않을까요, 라고. 과거에 걸쳐 미래에까지 우리는 수많은 환생을 거쳐 수많은 사람과 함께할 수 있는데, 왜 그중에서 딱 한 사람하고만 맺어져야 하냐는 거야."

"제 지인 중에도 저를 보면서 그렇게 얘기하는 친구가 있어요. 이번 생애에서 사귀는 남자랑 모든 생애에서 함께한다고 생각하면 자기는 갑갑해서 미칠 것 같다는 거예요." 주은결도 마이크 옆으로 끼어들어 자신의 경험담을 공유했다.

"그런 이야기들을 들었을 때 그 어떤 마음의 흔들림도 없었다고 말할 수 있었다면 좋겠지만, 제 친구에게는 부끄럽게도 전생 여행 속에서 늘 함께하는 인연이 발견되지 않는 사람들을 보며 저런 삶도 나쁘지 않겠다고 생각했던 적도 몇 번 있었어요. 그러나 지금 이 사람이 저에게 보이는 모습은, 몰래 품었던 그런 마음들을 완전히 사라지게 해요. 사람들이 하는 얘기대로라면 나와의 전생을 기억하는 이 사람은 나를 지겨울 정도로 많이 만난 것이어야 하잖아요. 셀 수 없을 정도로 많은 평생 동안 나를 지켜봐 왔을 테니까요. 그런데 이 사람은 저를 지겨워하는 기색이 없어요. 오히려 그 반대로, 한 평생 한 평생 더 많은 삶을 살아가면서 저에 대한 마음이 확고해지고 있는 것 같아요. 평생 서로 얼굴을 보는 사이로 살면서 늘 좋은 날만 있었던 건 아니었죠. 제 전생들을 보면 꼭 친구와 사이가 틀어져 다시는 얼굴을 보고 싶지 않았던 시기들이 있었어요. 제 친구라고 어찌 그런 마음이 들었던 때가 없었겠어요. 그런데 제가 지금껏 지난 삶들을 거쳐 오면서 본 제 친구는, 제가 더 과거의 전생으로 갈수록 그런 날이 적었어요. 그 친구의 입장에선 더 미래인데, 그래서 저를 더 오랫동안 보았을 터인데 저한테 질려서 떠나는 것이 아니라 반대로 저와 함께하고 싶은 마음이 더 커져 있었던 거죠. 사람들이 생각하는 것과 반대로, 오래 살수록 똑같은 사람을 보는 게 지겨워지는 게 아닐 수도 있어요. 오히려 지금 이 남자를 보면, 자신의 마음속에 간직한 수많은 경험들을 통해 이미 깨닫고 있는 것 같아요. 그 무수한 경험 속에서, 자신의 가슴을 뛰게 만드는 사람이 단 한 명뿐이었다는 걸. 나와 함께하고 떨어져도 지냈던 지난 모든 순간들이 결국 저의 품으로 돌아와 영원히 함께할 자신의 운명에 대한 이유를 증언하고 있었다는 그 사실을 말이에요."

 대서사시의 결말을 짓는 듯한 그녀의 마침표에 주은결은 격하게 공감하는 듯 연거푸 고개를 끄덕이고 있었다. 벌써 촉촉함까지 엿보일 듯한 그녀의 눈동자로부터 옆에 앉은 엔지니어가 다정히 보이고 있었다. 그녀를 바라보며 주은결은 말했다.

 "타임머신을 만들어 주신 것에 대해 이곳의 사람들에게 무한한 감사를 표하고 싶어요. 저한테 이런 체험을 선물해 주신 것에 대해서요."

 감사를 받는 엔지니어는 지금 상황이 어색한지 정작 머쓱한 표정이었다. 가만히 주은결과 서로를 응시하던 그녀에게서 짧은 웃음이 톡 터져 나왔다.

 "남자가 돼 버린 저를 묘사한 친구의 말을 듣고서 그렇게 느끼셨다고 하니 조금 오묘한데요."

 똑같은 웃음이 이번엔 주은결의 입가에서 터져 나왔다.

 "누구한테 감사를 해야 할지 모르겠네요. 좋은 말씀을 해 주신 친구분일까요? 아니면 친구분에게 영감이 되어 주신 미래의 박사님일까요?"

 "아니면 그런 미래의 저에게 영감이 되어 주었던 과거의 제 친구일까요? 하하. 이젠 누가 누굴 깨우친다고 할 것도 없이 모두가 서로의 선생님인 것 같아요."

"좋네요. 모두가 서로의 선생님이라는 그 말."

따스함이 온 피부에 전달된 듯한 환한 얼굴을 하며 주은결은 재차 고개를 끄덕였다.

"이번 인생은 결말도 괜찮네." 유리창 너머의 음성에 두 사람의 고개가 일제히 물병백조에게로 향했다. "우리 둘 다 머리가 하얗게 세어 침대에서 고요히 생을 마감할 때까지 함께야. 한쪽이 먼저 사별하거나 비극적인 사고로 짧은 행복살이가 되는 일도 없어. 진짜 무슨 동화의 결말처럼 오래오래 행복하게 살았네."

"앞으로 그런 인생이 많아질 것 같아?"

박사의 물음에 물병백조는 누운 채로 말없이 싱긋 웃음을 지어 보였다.

"그건 우리 둘이 만들어 나갈 미래의 길이겠지?"

기록실 밖에서 그녀의 말을 듣고 있는 박사에게도 그녀의 얼굴에 있던 미소가 번져 나갔다. 어딘가 흐뭇해하는 구석이 보이는 얼굴로 잠시 기록실 쪽을 응시하던 그녀는 벌써 눈을 뜬 여행자가 좌석에서 일어나려 하자 곧바로 장비를 점검하고 고객을 밖으로 모시는 엔지니어 본연의 모습으로 돌아갔다.

박사가 나간 자리에 혼자 남은 주은결은 기록실로 들어간 박사와 그녀 옆에서 잡담을 나누는 물병백조 두 사람의 모습을 경이로운 눈으로 하염없이 지켜보았다. 마치 유리창 너머의 장면이 영화 스크린 속에서나 볼 수 있는 환상 속 한 폭의 그림이라도 되는 듯이……. 지켜보고 또 지켜보던 그녀는 휴대전화를 꺼내 어딘가로 전화를 걸었다. 상대의 음성이 들리자 그녀는 곧바로 말했다.

"미래에서 온 선물이 있어요. 흔들어서 소리를 들어보니 입장권 같던데. 근데 배달 과정에서 혼선이 있었나 봐요. 그쪽으로 갈 게 저한테로 왔네요. 제 거는 또 거기로 간 모양인데…… 어떻게 하실래요?"

숨을 한 번 깊게 들이쉰 그녀는 잠깐의 정적 뒤에 덧붙였다.

"인생이라는 극장 속, '내일'이라는 이름의 상영관 앞에서 만나 서로 가진 입장권을 보여 주도록 하는 게 어떨까요? 상영하는 영화 제목은…… '연인'이에요."

# 3

## 연인

수개월이 지났다.

1호 역행인과 순행인 커플의 공식 연애 발표는 많은 사람들이 예상했던 바이지만 여전히 수많은 전생 여행자들의 가슴을 설레게 했다. 공식 석상에서 손을 맞잡고 등장하는 두 사람의 모습에 사람들은 열광했고, 하나가 되어 대중 앞에 선 그들의 그런 모습을 마치 눈에 익혀두라 하는 듯이 본사에서는 때를 같이하여 그들이 참석할 수많은 행사와 발표회를 주최하고 있었다. 기업 경영진이 구상 중인 초대형 프로젝트 때문이었다.

그들은 이를 '역사책 완성 프로젝트'라고 불렀다. 개요는 간단했다. 본사가 계속해서 진화된 형태의 타임머신을 개발함에 따라 이전엔 상상할 수조차 없었을 만큼 까마득한 과거의 삶도 전생 여행이 가능하게 되었다. 이에 역사적 문헌이나 기록의 부재로 사학자들이 밝혀낼 수 없었던 선사 시대를 직접 탐험할 수 있게 되어 기존 역사책의 한계를 뛰어넘은 확장된 역사책의 집필도 더 이상 꿈이 아니게 된 것이었다. 본사에서 야심차게 내놓은 구상 속의 완전한 역사책은 사학계에서 미지의 영역으로 남아 있었던 선사 시대의 인류 문명뿐만 아니라, 더 나아가서는 약 30만 년 전으로 추정되는 현생 인류의 출현 시점까지 거슬러 올라가 인류의 기원을 밝혀내어 창세기부터 시작하는 구성 갖춘 서사의 집필을 목표로 하고 있었다. 또한 궁극적으로는 역시나 본사에서 추진하고 있는 역행 전생 여행을 통한 미래 탐사 프로젝트와 병합하여 인류의 모든 과거와 현재, 미래까지 전부 담긴 완전한 역사를 기록하겠다는 계획이었다.

　전 세계에서 학자들과 여행자들이 몰려들었다. 수많은 순행인과 역행인으로 구성된 대규모 탐사대가 결성되었다. 되도록이면 현생의 바로 이전 생을 고객들에게 보여주는 것으로 유도했던 엔지니어들은 이제 전생을 여행하러 오는 사람들에게 더 멀리 꿈꾸고 떠나라면서 탐험가의 정신을 불어넣기 시작하였다. 수많은 사람들이 더 먼 과거로, 미래로 떠났고, 전생 여행에 관심을 갖는 사람도 예전에 비해 확연하게 많아졌다. 연인과 함께 이곳저곳 돌며 전생 여행 관련 행사에 참석하느라 바쁜 나날을 보내고 있는 주은결에게도 세상이 이전과 다르다는 것이 느껴졌다. 어딜 가든 그들을 알아보는 사람이 대다수였고, 굳이 자신이 전생 여행에 관심이 있음을 밝힐 것도 없이 사람들은 으레 그들에게 역사책이 언제 완성되냐고 물어 왔다. 본사에서 추진하는 원대한 계획의 완성을 고대하는 사람들이 도처에 있다는 것이 피부로 와닿았다. 본사에 정식으로 고용되어 애인과 함께 전 세계로 출장을 떠나게 된 그녀가 프로젝트 홍보차 방문한 도시들에서 느낀 점이었다.

전생 여행자가 늘어남에 따라 1호 역행인의 명성도 날이 갈수록 드높아졌다. 이미 그는 역행인을 상징하는 인물이 되어 있었고, 역행 전생 여행을 통한 미래 탐사의 시대에 역행인을 상징한다는 것은 미래를 상징하는 것이었다. 미래를 상징하는 그와 과거를 상징하는 주은결의 조합은 본사가 구상하는 완전한 인류 역사 그 자체에 대한 더할 나위 없는 심벌이라고 할 수 있었다. 두 연인의 이야기를 듣고 싶어하는 사람이 세계적으로 많아지자 본사에서 두 사람을 전 세계에 전생 여행의 중요성을 알리는 홍보 대사로 위촉하였다. 그렇게 그들은 세계 이곳저곳을 돌며 과거와 현재, 미래를 아우르는 모든 시간의 삶에 대한 서술자로서 사람들 앞에 서게 된 것이었다.

세계 곳곳의 도시들을 돌며 수많은 학회와 타임머신에 대한 홍보 행사에 연사로서 나선 두 사람. 두 사람의 이야기는 끝을 모르고 퍼져나가 종내는 유엔에서까지 초청을 받기에 이르렀다.

유엔 본부가 있는 뉴욕의 호텔에 도착한 두 사람은 짐을 풀고 휴식을 취하기도 전에 화상 통화부터 했다. 화면 너머로 고은영, 조승철 박사의 얼굴이 보이고 있었다.

"잘 도착했어요?"

화면 속 고은영 박사를 구성하는 픽셀이 움직여 음성을 뱉어냈다. 이어서 그녀가 말했다.

"거긴 아침이죠? 이곳은 지금 밤늦은 시간인데도 사람들이 모여 있어요. 본부에서 엔지니어들을 긴급 소집했거든요."

"왜요? 무슨 일 있어요?"

주은결의 눈동자가 동그래지며 물었다.

"사실 그것 때문에 통화하자고 한 거예요. 오늘…… 중대한 발견이 있었거든요."

"중대한 발견이요?"

조승철 박사가 이어서 보고를 올렸다.

"오늘 아침, 선사 시대 탐사를 위해 과거로 떠난 한 순행인에게서 놀라운 전생이 발견되었습니다. 순행 전생 여행자로서는 처음으로, 전생의 배경이 우주인 삶이 묘사되었기 때문입니다."

그가 전하는 새로운 정보에 화면 너머 두 사람은 두뇌의 지식 처리 장치가 마비된 듯 한동안 눈만 끔벅이고 있었다.

"순행인이라는 건 확실해요? 역행인인데 착각한 건 아니고요?"

사고가 마비된 그들이 한참 만에 내놓은 첫 반응은 역시나 그들의 사고를 마비시킨 새로운 정보에 대한 의심이었다. 조승철 박사가 답했다.

"해당 여행자의 지난 전생 여행들로 말미암아 이미 순행인이라는 것으로 검증된 탐사대원입니다. 해당 대원은 다른 전생 여행자에 비해 환생 주기가 유달리 길다는 점으로 저희 엔지니어들의 이목을 끌었었는데, 대원의 첫 전생이죠, 현생의 바로 이전 생부터가 벌써 고대 이집트 왕국이었습니다. 그 너머로 두 번째, 세 번째 전생은 동굴에서 살던 원시 시대였고요. 한 번 전생 여행을 할 때마다 다른 대원보다 멀리 되돌아갔기에 선사 시대 탐사에 있어 유용한 정보를 제공해 줄 것으로 본사에서 기대하는 탐사 인력이었는데, 네 번째 전생만에 이런 일이 터진 겁니다."

"현재 본사에서는 엔지니어들을 불러모아 정밀한 상황 분석을 하고 있어요. 아직 공식적으로 결론이 나온 것은 아니지만, 본 대원이 진술하고 있는 바는 영락없는 지구 밖 이야기이고 현 시점에선 기기의 오작동이라고 볼 만한 정황이 하나도 없는 상황이에요. 이곳 분위기도 지금 두 분이 짓고 계신 표정에서 짐작할 수 있는 감정과 크게 다를 수가 없는 것이죠."

화면 반대편에서부터 두 사람의 얼굴을 간파한 고은영 박사의 지적에 그들은 다시 침착한 모습으로 돌아와 물음을 이어갔다.

"이건 생각하기 싫은 가능성이긴 한데…… 혹시 그 대원이란 사람이 최근 시류에 편승해서 주목을 받기 위해 거짓으로 진술할 여지도 있지 않나요?"

"현재 엔지니어 사이에서도 여러 논의가 오갔고, 말씀하신 경우도 저희가 염두에 두고 있는 가능성 중 하나로서 아직 해당 여행에 대한 해석이 어느 한 쪽으로 모아지지 못하고 있는 상황입니다."

1호 역행인의 아직 풀리지 않은 의문점을 조승철 박사가 현황에 대한 부연으로써 달래 주었다.

"하지만 진술이 거짓이라 하면 너무 잘 만들어진 거짓말이에요. 여느 전생 여행이 그렇듯이 묘사의 생동감과 구체성이 마치 그 삶을 제가 직접 살고 있는 듯한 느낌을 받게 하거든요." 고은영 박사가 덧붙였다.

"어떤 삶이었는데요?" 주은결이 물었다.

"진술에 따르면, 전생 속 그 사람은 삶의 대부분을 커다란 우주선 속에서 보냈다고 해요. 우주선에 대한 묘사를 들어보면 마을 하나를 통째로 덮을 만큼 거대하고, 착륙 없이 수십 년을 우주에서 항해할 수 있다고 하더라고요. 내부는 유적지에서 볼 법한 고대의 문양들로 덮여 있고, 사람들 역시 원시인의 모습이 아니라 신화에 나오는 존재들처럼 거대하게 묘사되는 것 같아요. 여행자 역시도 그런 신에 가까운 사람의 모습으로 존재했던 것 같고요."

박사의 묘사가 장시간 비행에 의한 피로로 짓눌린 두 사람의 눈에 호기심의 안약을 뿌렸다.

"그럼 인류가 원시인의 모습으로 동굴에 들어가 살기 전에는, 반신반인의 모습으로 우주선에서 살고 있었다는 말씀인가요?" 새로 발견되었다는 전생의 모습에서 순행인보다 외려 자신의 전생이 떠올랐던 역행인이 믿기 힘들다는 얼굴로 물음을 뱉어냈다.

"근데 뭔가 그럴 수도 있을 것 같아요. 인류가 외계 행성으로부터 기원했다는 설도 있잖아요." 주은결이 옆에 앉은 연인에게로 고개를 돌리며 말했다.

"확실한 건 결론이 나와 봐야 말씀드릴 수 있겠지만, 만약 이 여행이 진짜인 것으로 규명된다면 선사 시대까지 거슬러 올라가는 순행 전생 여행으로써 인류의 기원을 밝혀내려고 했던 본사의 입장에서는 전혀 예상치 못했던 전개를 맞이하게 되는 셈입니다. 인류의 기원을 찾으려고 했던 것이 이제는 외계 생명을 찾는 일이 된 것이니까요."

조승철 박사가 조심스러운 어조로 견해를 밝혔다. 심각한 표정의 그와 달리 들뜬 얼굴을 하고 있는 동료는 신이 나서 외치듯 말했다.

"이게 진짜라면 우리는 단순히 지구에 사는 인류를 넘어 우주에 대한 근원적 물음에 다가설 수 있는 거에요. '생명은 어디서 기원했을까'라는 질문을 여지껏 지구 안에서만 하던 걸 초월하여 우주 전체로 확장할 수 있는 거라고요."

"인류, 더 나아가 생물의 연대기에도 엄청난 수정이 가해져야 하겠네요. 만약 지구에 생명이 있기 전부터 다른 곳에 외계 생명체가 있었던 거라면 생명의 역사는 우리가 알고 있던 것보다 훨씬 오래되었을 거라는 얘기니까요."

그녀의 들뜸에 덩달아 신이 난 주은결도 한 마디 거들었다.

"전 아직도 의구심을 떨치지 못하겠어요." 회의적인 시선을 거두지 못한 그녀 옆 역행인 동반자는 여전히 떨떠름한 표정으로 고개를 저었다. "이대로라면 인류는 과거에도 우주에 살았고, 미래에도 우주에 나가 사는데 유독 현재에만 지구라는 행성에 갇혀 있는 거라는 얘기가 돼요. 과거의 인류가 우주선을 타고 항해할 수 있었다면, 왜 인류는 그 뒤로 동굴 속에 사는 원시인이 된 거죠? 논리적으로 연결이 안 되잖아요."

"그 사이에 무슨 일이 있었을까, 이 부분을 소명해야 한다는 점이 숙제로 남겠네요. 아직까지는 한 명의 진술이 전부인 상황이라 이것만 가지고 순행 우주 전생을 인정하기에는 성급한 측면이 있겠죠. 결국 이런 경우가 또 있는지 더 살펴봐야 한다는 결론으로 귀결되는 것 같아요. 만약 순행인의 전생 여행에서 지구 밖 모습이 묘사되는 경우가 추가적으로 나온다면 그때는 이 전생도 진위를 인정받을 수 있을 거고, 또 추가적인 우주 전생 탐사로써 우주선에 살던 인류와 동굴 속 원시인 간의 잃어버린 고리를 발견하게 될지도 모르니까요."

고은영 박사가 마치 본사의 앞으로 풀어나갈 연구 과제를 발표하는 사람처럼 깔끔하게 정리했다.

"그런고로, 지금 이 얘기는 우리끼리만 아는 걸로 합시다. 확인도 안 된 정보가 본사로부터 유출되는 일은 특히나 지금 같은 시기엔 반드시 피해야 할 일이겠죠."

아직도 심각함이 묻어나는 얼굴로 조승철 박사가 주의를 주었다.

"곧 저희는 전 세계가 보는 앞에서 연설을 해야 해요." 주은결이 유엔으로부터 초청을 받은 자신과 연인의 상황을 상기시켰다. "전생 여행의 의의를 설파하는 중요한 자리에서 이런 중대한 문제를 애매하게 하고 넘어갈 수는 없어요. 본사가 구상하는 완전한 역사책의 세계관을 송두리째 흔들 수 있는 문제잖아요."

자신이 세상 사람들에게 홍보하고 있는 것이 무엇인지, 그 원대함에 대한 투철한 의식으로써 그녀는 엔지니어들에게 답을 촉구해 묻고 있는 것이었다.

"인류가 지구에서 기원한 것인지, 아니면 과거에 우주에 살았었던 것인지, 저희는 확실히 해야겠어요. 저희뿐만 아니라 세상의 모두가 알고 싶어할 거라고 생각해요. 바로 그렇기 때문에 본사에서 순행인 전생 여행자들을 모아 탐사대를 만들었던 거잖아요. 인류의 기원이라는, 모두가 알고 싶어하는 문제에 대해 가장 가까이 다가서 있는 게 우리들인데, 그럼 우리가 세상 사람들에게 알려줘야 하지 않겠어요?"

자세를 고쳐 앉아 화면 너머의 상대방들을 응시하는 그녀의 얼굴은 분명 아까보다는 사뭇 진지해져 있었다.

"시기만 맞게 찾아보면 이 사람과 같은 순행인이 또 있을 거라고 생각해요. 지금까지 수많은 전생 여행을 타임머신을 통해 해 왔는데 이번 것만 가짜 여행이겠어요? 기기 오작동이라고 할 만한 정황이 없다고 하셨잖아요. 다른 여행들과 똑같이 타임머신을 써서 여행을 보냈는데 우주선이 나왔으면 그것도 다른 모든 전생들과 마찬가지로 과거 인류의 모습이라고 생각하는 게 맞지 않을까요?"

"해당 대원이 거짓으로 여행 내용을 진술했을 가능성도-"

"진짜로 이 사람이 거짓말을 할 거였다면, 좀 더 그럴듯하게 꾸며냈을 거라고 생각해요. 순행인의 전생 여행에 대해 이야기를 하는데 뭐 하러 그런 역행인 같은 내용으로 이야기를 만들어 내겠어요?"

화면 너머 두 엔지니어는 물론, 그녀 옆에 앉은 역행인 동반자까지 그녀의 질문에 깊이 생각에 잠긴 듯한 표정으로 침묵했다.

"왜 이 사람만 그런 내용의 진술을 한다고 보세요?" 조승철 박사가 그녀의 이론을 시험하는 차원에서 질문을 던졌다.

"이 분이 환생을 할 때마다 주기가 길다고 하셨잖아요." 그녀는 큰 고민 없이 답을 내놓았다. "다른 사람이었으면 환생을 열댓 번은 거쳐야 올 수 있는 과거를 이 사람은 네 번 만에 주파한 거죠."

"그럼 다른 순행인들도 계속 전생 여행을 하다보면 이와 같은 모습의 과거에 이를 거라는 얘기예요?"

호기심이 동한 고은영 박사가 물었다. 조승철 박사도 잠자코 듣고만 있는 것은 아니었다.

"본인도 과거 어딘가의 전생에선 지구 밖의 삶을 살았다고 생각해요?"

주은결은 잠깐 고개를 기울여 생각하는 표정을 짓더니 원래의 얼굴로 돌아와 답을 이어 나갔다.

"그야 가 보지 않아서 알 수는 없겠지만, 만약 제 전생도 그러하다고 한다면 몇 번째 전생인지 빨리 찾아서 떠나 보고 싶네요."

그 답이 고은영 박사에게 한 가지 생각을 떠올리게 했다.

"사실 할 수 있을 것 같은데요. 지금 말씀하신 대로 해당 탐사 대원이 단순히 다른 사람보다 더 과거의 시대를 간 것뿐이라면, 다른 탐사 대원들도 중간의 전생들을 건너뛰고 그만큼 먼 과거의 전생을 찾아가면 되는 거잖아요. 지금까지 타임머신을 통한 전생 여행은 무조건 현생의 바로 이전 생에서 시작해서, 그 전에 있던 전생들을 현생에 가까운 순서대로 차례차례 여행하는 식으로 이루어졌었어요. 중간의 전생을 건너뛰고 멀리 있는 전생부터 가지 않았던 것은 타임머신의 성능이 그리 좋지 않았던 시절, 멀리 있는 전생으로 갈수록 전생 체험의 정확도가 떨어진다는 이유에서였지만 기기 성능이 그때랑은 비교가 안 될 정도로 개선된 지금 와서 생각해 보면, 중간에 몇몇 전생을 지나쳐 가도 안 될 이유가 없잖아요! 이걸 왜 우리는 이제야 생각한 걸까요? 본사에 모여 있는 연구진들에게 어서 연락을 해야겠어요."

"연락을 해서 탐사대원들에게 지금 여행하려는 삶을 건너뛰고 무작정 멀리 있는 전생을 찾아가라고 할 생각인 거예요?" 조승철 박사가 옆의 동료를 우두커니 돌아보며 물었다.

"그렇게 해서 지구 밖 전생이 하나라도 나오면 순행인의 우주 전생 이론에 힘이 실리는 거잖아요. 본 대원의 전생 여행이 가짜인지 진짜인지 밝히는 데 이것만큼 빠른 방법이 어디 있겠어요?"

"그랬는데 만약 지구 밖 전생이 하나도 안 나오면요? 그런 전생을 찾을 때까지 계속 더 과거로 가야 하는 건가요?"

꼬리를 무는 그의 의문 제기에 고은영 박사는 크게 흔들리지 않았다.

"지금 우리가 생각하는 게 인류가 과거 어느 특정 시기에만 우주에 살았다는 게 아니잖아요. 계속 지구에 살았던 인간이 갑자기 어느 시점에 잠깐 우주선을 타고 날아다녔다가 다시 지구로 돌아와 원시인의 삶을 살았다고 생각하는 게 아니란 말이죠. 우리가 생각하는 건, 예전부터 계속 우주에 살고 있었던 인간이 어느 시점부터 지구에 눌러살게 되었다, 즉 특정 기준점부터 과거로는 더 이상 인류가 지구에서 사는 삶이 나오지 않을 것이다, 이런 거란 말이에요. 그럼 누가 보기에도 그 특정 기준점을 아득히 넘을 만큼 먼 과거라고 생각되는 전생으로 가 보면, 어느 것이 맞는지 확실하게 가려질 거 아니에요? 그 정도로 멀리 되돌아갔는데도 인류가 여전히 지구에서 살고 있다고 하면, 본 대원이 진술하는 바가 잘못된 거겠죠. 신속하고 확실하게 확인할 수 있잖아요."

회의적으로 구는 동료 엔지니어에게 동의하느냐고 묻는 듯한 제스처를 보이며 역설하는 그녀였다.

"확실히 그러면 지구 밖 전생을 이야기하는 분의 진위성도 밝힐 수 있고, 또 본사에서 찾고자 하는 인류의 기원에도 더 빨리 다다를 수 있겠네요. 뭐 하러 창세기에 이를 때까지 페이지를 한 장 한 장 거꾸로 읽어나가나요? 첫 페이지가 나올 때까지 책을 넘기기만 하면 되는데."

주은결도 그녀의 말에 맞장구치며 외쳤다.

"어쨌든 저희는 지금 먼 곳에 와 있어서 그곳의 돌아가는 일을 하나하나 지켜볼 수가 없어요. 만약 지금 말씀하신 부분이 반영되어 탐사가 이루어진다면 그 결과를 꼭 바로 들을 수 있으면 좋겠어요."

"최대한 빨리 시험 가동을 해서 알려드리도록 할게요."

주은결의 부탁에 고은영 박사가 분명한 끄덕임으로 답했다.

그렇게 그들은 전생 탐사에 대한 새로운 접근법을 논한 채로 화상 통화를 종료했다. 네 명에서 두 명으로 인기척이 반토막 난 호텔 방의 공간은 검은 화면 속으로 사라져 간 두 대화 상대의 공백을 무시하기라도 하듯 새로 발견된 전생 여행에 대한 순행인과 역행인간의 담론으로 오랜 시간 채워졌다. 창밖으로 뉴욕의 하루가 지나는 동안 두 사람은 현대 인류의 문명, 더 나아가 인류의 미래까지 이어지는 그 모든 것의 출발점에 있는 최초의 전생에 대해 생각하고 있는 것이었다.

다음 날이 밝았다. 유엔 본부에는 수많은 사람들이 모여들어 있었다.

주은결은 이전에도 그녀의 역행인 동반자와 함께 많은 사람들 앞에서 연설을 한 적이 있었다. 홍보 대사로 일하면서 수많은 청중 앞에서 이야기를 하는 경험이 결코 생소하다고는 할 수 없는 것이었다. 그러나 전 세계로 생중계되는 카메라 앞에서, 모든 인류의 역사에 대한 대변자로서 연단에 서는 것은 전혀 다른 문제였다.

터질 것 같은 심장 소리를 애써 무시하며, 그녀는 이름이 불리는 소리가 울림이 있는 건물 내부에 메아리쳐 세계인의 박수 소리와 부딪히며 폭발해 오르는 거대한 갈채의 현장에 연인과 함께 한 발 한 발 걸음을 내딛었다. 연단 앞에 서서 한 차례 숨을 고른 그녀는 눈앞의 광경에 압도당해 현실감을 잃어버렸다. 전 세계가 유엔의 연사로서 선 두 사람의 연설이 시작되기를 기다리며 빤히 쳐다보고 있는 이 모든 장면이 영화관 스크린처럼 거리감 있으면서도 거대하게 다가오는 듯했다.

다행인 건 연설 순서가 1호 역행인부터라는 점이었다. 언제나처럼 그는 자신의 첫 전생 여행이 이끌어낸 미래 전생의 발견에 대해 이야기하는 것으로 운을 떼었다. 옆에 서 있는 그녀와의 관계가 그 발견에 있어 어떤 역할을 했는지 언급하는 것도 잊지 않았다. 자신의 전생에 그녀가 있음으로써 그 삶이 진짜였음을 알 수 있었으며 그렇기에 지금 그녀와 있는 이 삶도 진짜라는, 기억나는 것만으로도 벌써 몇 개인지 셈 안 되는 여러 연단을 거쳐 가며 매번 모두에게 한결같이 일러 주곤 했던 그 대사를 이곳에서도 거듭 강조하여 읊는 정석적인 마무리였다.

그들의 연설을 많이 들었던 사람들에게는 인사치레 정도에 불과한 익숙한 레퍼토리가 지나고 그녀에게 마이크가 넘어갔다. 마이크 앞에 선 그녀는 바로 말을 잇지 못한 채 한 차례 침을 꼴깍 삼키고 있었다. 지금부터 그녀가 공개할 내용의 파장을 예상하는 긴장한 얼굴로, 그녀는 천천히 입에서 단어들을 뱉어내기 시작했다.

"사람을 사람으로 만드는 것은 끝없이 탐구하고 스스로에 대해 생각하는 그 마르지 않는 열정, 지식에 대한 무한한 사랑이라고 저는 생각합니다. 그러한 앎에 대한 추구로써 인간은 지금껏 진화해 왔고, 그 기나긴 여정의 수많은 길목에서 우리는 종종 처음엔 전혀 생각지도 못했던 뜻밖의 발견을 맞이하기도 합니다. 그리고 대개는 그런 예상 밖의 발견이, 인류의 세계관을 바꿔놓는 중요한 분기점으로서 사람들에게 나아가야 할 길을 알려주는 큰 전환점으로 기억되기 마련입니다."

첫 마디를 큰 무리 없이 술술 뽑아낸 그녀는 자신감이 붙었는지 더 똑똑한 목소리로 연설을 이어 갔다.

"오랫동안 사람들은 자신들이 어디서 기원했는지, 언제부터 살기 시작했는지 탐구하며 스스로의 근원과 역사를 알아내기 위한 추구를 멈추지 않고 이어 나갔습니다. 그 결과 인류는 스스로의 과거에 대해 상당히 많은 발견을 이루어 냈으며, 이러한 지식들은 우리가 사는 세계를 인지하는 우리 나름의 서사를 이루어 후대의 아이들에게 전해지는 이야기가 되었습니다."

본론으로 들어가는 문턱에서 잠시 말을 멈춘 그녀가 모두의 시선을 끌어당겼다. 그녀의 입으로 말미암아 새로운 세계관으로 가는 문이 열리려 하고 있었다.

"이야기란 자고로 진행되면서 반전을 맞기 마련입니다. 어제 저는 인류가 지금까지 들려준 스스로에 대한 서사를 뒤집을 충격적인 반전이 발견되었다는 소식을 들었습니다. 이 새로 드러난 사실은 믿기 힘든 것이었고, 많은 의구심을 자아낼 여지가 있었습니다. 저는 저에게 이 사실을 알려준 더 타임머신의 관리 인원 측에 철저한 검증을 통해 이를 확실히 해 달라는 부탁을 드렸고 오늘, 제가 이 자리에 서기까지 얼마 남지 않았던 때에 답을 들을 수 있었습니다. 덕분에 지금 이렇게 말씀드릴 수 있습니다. 전 세계의 여러분에게 공개합니다. 인류가 과거에 지구가 아닌 곳에서 기원했다는 사실이 전생 여행을 통해 드러났습니다. 인류가 지구에서 살기 전에, 우주에서 살았음을 보여주는 순행인의 전생이 발견되었습니다. 다시 한 번 말씀드립니다. 순행인의 전생 여행을 통해, 인류가 지구에서 살기 전에 우주에서 살고 있었음이 밝혀졌습니다."

그녀의 말이 끝나기 전부터 올라오던 웅성임은 그녀가 마지막 말을 한 번 더 강조하여 문장을 끝맺자 공간을 가득 채우는 파도가 되어 밀려왔다. 자신이 전 세계를 빠뜨린 혼란의 해일 속 술렁임의 심지에 버티고 서서 그녀는 굳건한 표정으로 다음 말을 할 타이밍을 재고 있는 것이었다.

"먼저 이 모든 발견을 가능케 한 순행인이 있었다는 점을 말씀드리고 싶습니다. 그 순행인은 전생 탐사 대원으로서 인류의 기원을 밝히는 중대한 사명을 안고 자신의 과거를 향해 멀리 멀리 떠났습니다. 원시 시대조차 미래라고 느껴질 정도로 머나먼 과거에 이르렀을 때 그가 보았던 것은 고대 우주선 속에서 삶을 향유하는 이전 시대의 인류였습니다. 그의 전생 여행은 선뜻 납득하기 어려운 의심스러운 변칙 현상과 같은 것으로 여겨졌었지만 우리는 이미 역행인의 전생과 처음 조우했을 때에도 같은 의심을 했었던 바가 있었습니다.

그들의 삶으로부터 언뜻 보기에 말이 안 되는 것도 다시 생각해 볼 필요가 있다는 것을 교훈 삼아 전생 여행 관계자 분들과 함께 저희는 이러한 전생이 원시 인류 이전에 실제로 존재하였던 인류의 모습일 거라는 가설에 도달하였고, 이 가설을 검증하자는 데에 뜻을 모을 수 있었습니다."

그녀는 다음 말을 위해 여분의 호흡을 장전했다.

"그 결과 수많은 순행인 탐사 대원의 전생에서 원시 시대 이전 지구 밖에서 살던 인류의 모습이 발견되었습니다. 아직 확인을 마치지 못한 대원도 있지만, 가설 검증을 위해 탐험에 나섰던 순행인 대원들은 예외 없이 지구가 아닌 곳에서 살고 있던 자신들의 삶을 묘사하였습니다. 순행인의 전생, 그 과거로부터의 기나긴 여정에는 사실 역행인의 전생만큼이나 놀라운 비밀이 숨어 있었던 것입니다! 시간이 허락지 않아 저는 아직 원시 시대 이전까지 전생 여행을 떠날 기회가 없었지만, 저는 확신합니다. 저의 과거에도 이 사람의 과거만큼이나 광활한 우주에서 떠다니며 사랑을 속삭이고, 은하 너머로 세상을 탐험하던 기억이 있었음을!"

마른하늘의 천둥소리와 같은 그녀의 갑작스런 발표에 장내는 수많은 사람들이 일제히 떠들고 물으며 사진기자들의 셔터 소리로 채워지는 우레와 같은 소리로 화답했다. 세계 각지에서 TV로 보고 있던 수많은 전생 여행 애호가들도 전생과 현생을 넘나드는 인연과 같은 얘기나 들을 줄 알았던 그녀의 연설에서 순행인 우주 전생 얘기가 나오자 꿀 먹은 벙어리처럼 서로만 멀뚱멀뚱 쳐다볼 수밖에 없었다. 그녀의 유엔 연설은 그날 곧바로 세간의 모든 화제를 끌어모아 불타오르는 대성공이었고, 전생 여행자들의 세계관과 세상 사람들의 역사관을 뒤흔들어 놓는 인류사의 중요한 분기점으로서 그 성대한 막을 내렸다. 연설이 끝나고 애인과 함께 홀을 나서는 그녀를 거대한 무리의 기자들이 둘러싸고 기다리고 있었다. 그녀의 이름을 외치며 질문을 쏟아내는 수많은 궁금증 담긴 시선들 앞에서 그녀는 미소를 띤 채 희망에 찬 발걸음을 밖으로 한 발 한 발 내딛었다.

## 4

## 세상과 인류와 인연의 결말

더 타임머신이 처음 세상에 공개되었을 때, 전생 여행으로써 비로소 엿볼 수 있게 된 과거 삶들의 모습은 그동안 삶이 한 번뿐이라고 믿어왔던 많은 사람들의 세계관을 바꿔놓았다.

과거를 엿보는 과정에서 역행인의 전생이 처음 발견되었을 때, 미래에나 가능할 것으로 보이는 온갖 초월적인 기술로 점철된 우주 시대의 모습은 전생이 과거이기만 할 거라고 으레 짐작해 왔던 많은 사람들의 윤회관을 바꿔 놓았다.

그리고 거듭된 전생 여행으로써 인류가 마침내 자신들의 지식이 미치는 극한인 원시 시대를 뛰어넘어 돌아갔을 때, 과거에 존재할 수 없을 거라고 생각했던 미래적인 모습으로 둘러싸인 과거 이전 과거의 모습은 기술의 발달이 과거에서 미래로 한 방향으로만 이루어진다고 믿었던 많은 사람들의 문명관을 영원히 바꾸었다.

인류는 과거에 우주선을 타고 은하 이곳저곳을 탐험하던 시기가 있었다는 걸 사람들이 알게 되었다. 이제 사람들은 새로운 역사관으로 스스로의 문명을 바라보게 되었고, 생명의 요람이라고 묘사되던 지구는 처음에 생각했던 것보다 훨씬 긴 역사를 지녔음을 사람들이 인지하게 된 인류가 그 긴 여정에서 잠시 머물며 거쳐 간 행성 중 하나로 기억되려 하고 있었다.

새로운 발견은 늘 새로운 시각의 지평을 열어 사람들로 하여금 또 다른 질문에 도전하게 하기 마련이었다. 과거의 인류가 지구 밖에 존재하였음을 알아낸 사람들은 이제 그랬던 자신들의 조상이 어떻게 해서 지구라는 흙덩이에 붙어 정착하게 된 것인지 알아내고자 하였다.

무슨 일이 있었는지 정확하게 아는 사람은 없었지만, 여러 번의 순행인 우주 전생 탐사에서 상당수의 전생 여행자들은 실마리가 될 만한 이야기를 포착해 낼 수 있었다. 원시 시대 이전, 우주선을 타고 광활한 흑색의 천체 간 정원을 마음껏 휘젓고 다니었던 인류. 그중에서 가장 지혜롭다고 여겨지는 사람들은 명상을 통해 자신들의 전생에 접속할 수 있었다. 이들은 자신들의 전생에서 본 이미지들을 바탕으로 미래의 일을 예견하는 사람들이었다. 탐사대의 진술로부터 본사의 엔지니어들은 당연히 이들을 역행인이라고 추론해 냈다.

이들은 늘 미래에 일어날 전쟁에 대해 경고하고 있었다. 이들이 예견하는 미래에 따르면, 우주 저 구석까지 자신들의 탐험가를 보내 온갖 천체들을 식민지화하고 있는 인류가 머지않아 자원 패권을 차지하기 위한 내전을 시작할 것이며, 그것이 지금껏 쌓아온 인류의 거의 모든 유산을 말살하는 파멸적 광기로 번져나가 수많은 사람들이 목숨을 잃을 것이라는 전언이었다.

시대마다 예언의 세부적인 요소들은 조금씩 달랐지만 지구 이전의 인류 속 예언자들은 대체로 그러한 취지로 미래를 묘사하고 있었다. 천하를 넘어 우주를 호령하던 인류가 내전으로 문명이 쇠퇴하는 사건이 어느 시점엔가 일어났다는 것만은 분명해 보였고, 그러한 단서들은 전생 탐사가 계속되면서 하나둘씩 축적되어 갔다.

한편 주은결과 고은영 박사는 어느 날 만나 이야기를 나누던 중 과감한 아이디어를 떠올렸다.

전생을 현생에 가까운 순서대로 찾아가지 말고, 최초의 전생부터 먼저 찾고 보자는 것이었다.

이미 순행인의 지구 이전 삶을 찾아가는 과정에서 중간 전생들을 건너뛰어도 아무 문제가 없다는 게 드러났으니, 모든 중간 전생을 건너뛰고 첫 전생부터 보지 않을 이유도 없었다. 거기까지 생각이 미친 두 사람은 다음 날 만나 스스로의 전생으로써 이론을 시험해 보기로 마음먹었다. 타임머신의 성능이 어느 정도의 과거까지 감당해 낼 수 있을지에 대해 고은영 박사의 회의적인 의견이 없었던 것은 아니었지만, 시도해 볼 가치는 있었다.

다음 날. 본사의 기록실에서 타임머신을 앞에 두고 재집결한 두 사람. 기기에 전원이 켜진 실험 공간의 좌석에 자리한 주은결은 컴퓨터실에서 기동 준비를 하는 고은영 박사에게 아무렇게나 고른 숫자를 하나 말했다.

"서른 번째 전생으로 한번 가 보죠."

현생에서 서른 번의 환생을 되돌아간 과거. 어림잡아 견주어 봐도 탐사대가 지구 이전 우주에서 살던 인류를 발견한 시기보다 한참을 앞서는 더욱 먼 과거일 것이었다. 이 정도면 최초의 전생에 근접했을까? 이 전생에서도 역행인인 그와 함께일까? 서서히 올라오는 타임머신의 가동음을 야금야금 귓가로 담으면서 이런저런 생각이 머리를 스치는 그녀였다.

잠시 뒤 엔지니어로부터 예상하지 못했던 답변이 왔다. 전생을 찾지 못하겠다는 황당한 내용의 회답이었다.

"그게 무슨 말이에요?"

당황한 것은 고은영 박사도 마찬가지인 듯했다. 정확한 상황은 모르겠지만, 서른 번째 전생에 해당하는 과거의 정보와 연결되지 않는다는 게 그녀의 설명이었다.

시간 여행을 위해 눈 감고 하늘 너머로 혼을 날려 보냈던 주은결은 그렇게 감긴 눈꺼풀 속에서 지구만 하염없이 내려다보며 좌초된 상태가 되어 빈손으로 내려올 수밖에 없었다. 기대했던 것보다 빨리 눈을 뜨게 된 그녀는 박사와 방금 전의 상황에 대해 이야기를 나누었다.

기기가 서른 번의 환생을 되돌아 갈 역량이 없었던 것이었을까. 어찌 됐든 그들은 아무도 가 보지 못한 깊은 과거로 발을 내딛으려 하고 있는 것이었다. 이미 수십 번의 개량을 거쳐 처음과는 비교도 안 될 정도로 성능을 향상한 타임머신 이래도 그들은 그들이 보유한 최고 사양 기기의 한계를 시험하고 있는 것이었다. 예상치 못한 당황스런 결과로 이어지더라도 좀 더 신중하게 접근할 필요가 있었다.

잠깐의 논의 끝에 그들은 다시 타임머신을 가동하기로 결정했다. 서른 번째 전생이 너무 먼 과거여서 문제가 된 거라면, 목적지 전생과의 거리를 차츰차츰 줄이는 것으로 어느 정도의 거리가 한계인지 시험해 볼 수 있다는 결론에 이른 그들이었다. 실질적으론 전생 여행을 한 게 아니었으니 다시 여행에 돌입하는 여행자의 체력적 부담이나 기기 충전 시간 등은 고려할 사항이 아니었으며, 그리하여 잠깐의 재정비 시간만을 거친 후 그들이 재착수한 두 번째 전생 여행은 서른 번째가 아닌 스물아홉 번째 전생으로 재설정된 목적지를 향해 발을 내딛는 것으로 결정된 것이었다.

주은결은 다시 자리에 누워 눈을 감았고, 암실이 된 눈알 속에서 붕 떠올라 대기권을 벗어났지만, 이번에도 지구와 우주의 시계를 거꾸로 돌려야 하는 부분에서 과거와 연결되지 않는다는 엔지니어의 말에 막히고 말았다.

"여전히 정보가 없대요?"

당황할 이유는 없었다. 이미 생각하고 있던 시나리오였다. 스물아홉 번째 전생으로의 여행도 수포가 돼 버린 그들은 다시 지구로 내려와 눈을 뜰 것도 없이 우주에 떠 있는 그 상태 그대로 스물여덟 번째 전생과 접속을 시도했다. 결과는 이번에도 마찬가지였고, 그러자 그들은 지체 없이 스물일곱 번째로 목적지를 재설정할 뿐이었다.

지직거리는 어떤 이미지가 나타나는 듯하다 이내 사라지고 말았다. 뭔가 아까와는 다름을 직감한 두 사람은 다시 한 번 스물일곱째 전생에게로 신호를 맞추고 쫑긋 세운 신경을 집중시켰다.

꿈틀. 어떤 너울이 일렁이고 있었다.

"무엇이 보이세요?"
여느 때와 같은 질문이었지만 질문을 하는 박사의 목소리에서 예사롭지 않은 상기됨을 감지하는 주은결이었다.

잠시 뒤 눈이 빠져라 힘을 주고 집중하던 그녀는 박사에게 짧게 한 가지 묘사를 전했다.

"……보글보글…. 뭔가 끓어오르고 있어요."
안 그래도 전생에 대한 묘사는 그 첫걸음이 항상 수수께끼를 푸는 듯한 아리송한 이미지로 시작하고는 했는데, 이번 묘사는 그중에서도 가장 추상적이라 할 수 있을 난해한 시상으로써 이야기를 풀어나가고 있었다.

"엄마 배 속처럼 편안한 액체에 담긴 느낌인데, 거기서 생명의 꿈틀거림이 일어나며 기지개를 켜요."

"보이고 들리는 건 어때요? 지금 거기가 무슨 상황인지 알겠어요?" 좀 더 구체적인 정보를 원한 박사의 질문에 주은결은 고개를 가로저었다.

"그 어떤 물체도 보이지 않아요. 사람이 존재하는 곳 같아 보이지가 않네요. 뭔가…… 원초적인 생명의 바다에 있는 것 같아요."

"바다요?"

"진짜 바다라는 얘긴 아니에요. 뭔가…… 태반 같은 느낌이 드는 물 속에서 생명의 박동이 올라오고 있어요……. 저만 있는 게 아니에요……. 수없이 많은 태동의 싹 터짐이 제 주위에서 느껴져요……."

지금까지의 전생 묘사와는 격이 다른 추상적인 진술에 박사는 뭘 어떻게 해야 할지 몰라 혼란스러웠다.

"거기가 어디인지 알 수 있겠어요? 주변에 뭔가 보이는 게 있을까요?"

"사실 보인다기보다는, 느껴지는 것에 가까운 감각이에요. 제가 어떤 형태의 생명체인진 모르겠지만, 인간처럼 눈과 귀가 달린 동물은 아닌 것 같아요. 오감으로써 주변을 지각하는 게 아닌, 본능적이고 원초적인 무언가로부터 생명의 존재를 의식하고 있어요……."

 알 듯 말 듯 희끄무레한 실낱같은 자극을 따라 이어진 스물일곱 번째 전생 체험은 그 불가사의함을 두 사람이 더 탐색해 볼 여유도 주지 않고 희미해지더니 그렇게 완전한 무감각의 암흑 속으로 자취를 감추어 갔다.

 더 이상 아무 반응이 오지 않자 박사는 기록실의 불을 켜 주은결이 눈을 뜨게 했다. 좌석 한 구석에 나란히 앉아 두 사람은 조금 전의 체험이 어떤 의미였는지에 대해 해석을 나누었다. 전생의 내용에 대해 나름대로 이해해 보려고 했지만 잠깐 나타났다 사라진 추상적인 이미지만 가지고는 갈피를 잡을 수 없는 안개 속에서 아무 가설이나 던져 넣는 것과 크게 다르지 않았고, 합의된 잠정적 결론 없이 두 사람은 이번 전생 여행을 보고할 수밖에는 없었다.

 주은결의 스물일곱 번째 전생에 대한 보고가 올라오자 이번엔 역행인 쪽에서 관심을 보여 왔다. 똑같은 취지의 실험을 역행인을 대상으로 못 할 이유도 없는 것이었다. 그녀가 시작한 전생 여행의 한계에 도전하는 그 원대한 탐사에는 상징적인 의미로서 1호 역행인이 첫 시험자로 자원했고, 가동음을 들으며 타임머신의 좌석에 누웠던 그는 정말 기막힌 우연의 일치였을까 딱 스물일곱째 전생에서 처음으로 반응을 보여

왔다.

　현장의 모두가 숨죽여 지켜보는 가운데 그가 천천히 감긴 눈 속 보이는 삶을 읽어 나갔다.


　사람들은 서로를 귀찮아했다. 더 이상 누군가를 만나지 않고 자신이 원하는 것만을 하며 평생을 살아갈 기술력을 얻게 된 그들은 삶에서 다른 이들이 필요하지 않았고, 번거로운 일만 가득한 타인과의 관계도 그들은 굳이 만들 일이 없었다. 오로지 스스로의 전생을 돌아볼 수 있다고 주장하는 특별한 영체만이 사람들에게 서로 사랑할 줄 알아야 한다고 설교했고, 사람들은 자신에게 이득이 될 때는 영체의 말을 들었지만 인간관계처럼 번거로운 일을 자꾸 하라고 얘기하는 그들의 앞에서는 고개를 돌렸다.
　사람들이 영체라고 이야기하는 존재는 서로 의식을 공유하고 공동의 의식에 접속하여 하나의 거대한 유기체처럼 존재하는 수많은 사람으로 된 집단이었다. 물리적으로 떨어져 있어도 서로의 감각과 생각을 공유하는 그 사람들은 모두 자신들의 전생을 기억할 수 있다는 공통점이 있었고, 세계 도처에서 서로 단절돼 있는 사람들의 이웃으로 존재하면서 수많은 삶에서 비롯된 살아가는 교훈을 나누어 주는 전달자와 같은 역할을 하였다. 일찍이 그들은 사람들로부터 현자에 버금가는 대우를 받으며 미래에 발명된 기계를 통해 자신들이 기억하는 전생의 모습을 사람들에게 이미지로 연결해 보여줄 수도 있었지만, 더 이상 자신들의 삶과 이어진 구석이 없는 듯 보이는 그들의 전생을 보고 싶어 하는 사람은 갈수록 줄어들어 기계를 이용해 전생을 공유하던 사람들의 생활양식은 지나간 시절이 된 지 오래였고 현자 취급을 받던 영체의 조언들도 이제는 귀찮은 이웃들의 시끄러운 참견 정도로 여겨지기가 일쑤였다.

그렇게 영체의 말씀이 예전의 힘을 잃고 사람들에게 거부감을 불러일으키는 진부한 미사여구와 같은 무언가로 박제되어 세상과 동떨어진 허공을 우주배경복사처럼 나돌게 된 지금, 사람들은 타인이란 존재가 자신들이 살아가는 데 있어 경쟁 상대 이상의 의미가 없는 방해물이 되었고 그러한 사회 속에서 그들은 남들보다 우위에 서려고 더 많이 차지하는 것만이 다른 인간과 나눌 수 있는 유일한 상호작용이었다. 그들에게 수많은 인류가 함께 살아가는 세상은 자신들의 불편함을 의미했고, 세상이 갈라지더라도 그들에겐 자기 자신이 잘 사는 것이 최우선으로 생각해야 할 문제였다.

한정된 자원 속에서 잘 삶이란 나의 것이 될 수 있는 걸 차지하려는 다른 이들을 몰아내어 내가 원하는 것을 방해받지 않고 할 자신만의 공간을 넓히는 것이었다. 영체를 제외하면 옛날처럼 사람들이 집단으로 움직이는 사회라는 개념이 사라진 세상에서, 자신만의 공간은 즉 개인의 영토를 의미하는 것이었다. 타인에게 질려 자기만의 소국에 살게 된 사람들은 바로 그 타인의 존재 때문에 모든 것을 자신의 영토 하에 넣는 대신 방 한 칸에 불과한 비좁은 공간에 잠금장치 두르고 쭈그려 앉아 있게 된 현실에 불만족했고, 그 불만족으로부터 그들은 잠금장치를 풀고 사람들을 초대하라는 영체의 조언대로 가지 않고 대신 다른 공간을 차지하고 눌러 앉은 그 방해되는 타인들을 그들의 영토에서 쫓아낼 방법을 강구하며 문제를 해결하려 했다. 이는 만인의, 만인에 대한 영토 분쟁의 시작이었다.

이미 우주 곳곳으로 뻗어나가 수많은 행성들을 거주지로 만든 인류였지만 새로운 행성의 존재가 알려질 때마다 그곳은 새 영토를 차지하려는 인간들로 불어 터지고 있었다. 거주할 공간이란 이미 인간에게 전쟁의 명분이 되었고 그들은 자기 것이 될 수도 있는 땅에서 남들을 몰아내기 위해, 자신을 방해하는 사람 없는 깨끗하고 평화로운 세상을 위해 땅을 차지하고 있는 인간은 누구든지 보이는 대로 공격했다. 맞닿은 거주자를 먼저 공격해 무력화시키지 않으면 자신이 공격받는 상황에서 자신만의 공간을 원하는 인간들에게 항시적인 전시 상태는 필수적인 것이었다. 사람들은 자신들의 시대가 허락한 온갖 가공할 기술력의 무기들을 가져와 서로를 향해 겨눴고, 끔찍한 살상력과 파괴력을 지닌 무기들 가운데서 방점을 찍는 압권이 등장해 맞닿은 개인 간의 국지전 양상으로 틱틱대던 전쟁을 우주적 규모의 정벌이 난무하는 혼돈의 세계대전으로 바꾸어 놓았다.

전쟁의 흐름을 바꿔 버린 그 무기란 상대를 공간째로 사라지게 할 수 있는 한 최첨단 병기를 말하는 것이었다. 그야말로 그들의 시대에 나타난 대량 살상 병기 중 최고봉이라고 할 만한 그 무기는 표적을 찢어발기며 난잡한 뒷모습만 남기는 탄환도, 굉음과 화염을 불필요하게 퍼트려 대어 사용자조차 멀리 대피하게 만드는 폭발도 필요 없이 목표물이 위치한 특정 공간의 모든 물질을 블랙홀처럼 한 점으로 빨려 들어가 사라지게 할 수 있는 궁극적 기술력의 산물이었다. 이 무기를 쓰면 아무리 철통처럼 지키고 있는 집안에 숨은 목표물도 집과 함께 존재 자체가 흔적도 없이 사라지는 거였다. 이전 무기들과는 차원이 다른 비대칭 전력의 등장에 해당 병기를 보유한 개인들과 그렇지 못한 자들의 전투력 차이는 그 어느 전쟁의 전력상 간극보다도 더 벌어졌고, 전쟁은 곧 병기를 가진 소수의 사람들이 자기 주변부터 시작하여 적들을 청소기로 먼지 잡듯 쓸어버리면서 정복에 나서는 양상이 되었다.

그렇게 주위를 벌벌 떨게 하는 정복자가 된 그들은 그들의 손에 쥐어진 그 무기를 가지지 못한 사람들 앞에서 신처럼 군림했다. 그들에게 전쟁은 더 이상 영토만을 위한 것이 아니었다. 사람들이 자신을 두려워하게 만들기 위해서는 더 많은 파괴와 살상을 일삼아야 하는 것이었다. 다른 이들을 공격하는 않는 신은 더 이상 두려움을 받지 못해 군림할 수 없게 되는 것이었고, 이윽고 자신이 모두를 꺾어 누르고 온 우주의 유일한 지배자가 되지 않는 이상 이 전쟁의 승리자가 될 수 없음을 깨달은 그들은 자신을 위협하는 우주의 모든 적을 없애기 위해 무기의 성능을 최대치로 끌어올려 사용하기 시작했다. 그들의 손짓 한 번에 행성 하나가, 항성계 하나가 통째로 사라졌고, 영체는 물론 이제는 그들의 무기를 개발한 기술자들조차 무기의 과도한 사용에 대한 부작용을 우려하며 공멸의 가능성에 대해 경고하기 시작했지만 무기의 사용을 주저하는 자들의 경고란 그들이 무기에 미친 자들에게 삼켜 없어질 때까지 잠깐의 살아 있는 시간 동안만 내뱉을 수 있는 단말마의 발악과 같은 것에 지나지 않을 뿐이었고, 이미 공격해 죽이거나 공격 받아 죽는 선택만 존재하는 곳이었던 세계에는 곧 아름답던 우주의 천체들을 그 안에 존재하는 무한량의 거주자들과 함께 게걸스레 먹어치우는 학살자들의 광기만이 온 천구를 시커멓게 물들이고 있을 뿐이었다.

영체는 마지막 경고로서 종말을 예언했다. 타인을 사랑하기보다 없애는 데서 기쁨을 얻는 광기 어린 그들의 무기가 종내는 그들 자신을 포함한 세상 모두의 끝을 가져올 거라는 경각심 서린 묵시였다. 정복자 중 일부는 자꾸 시끄럽게 참견하는 그들의 입을 다물게 할 심산으로 공격의 화살을 영체에게마저 돌리기 시작했고, 그들의 예언이 실현될까 두려워하던 몇몇 학살자들도 있었지만 여기까지 와서 공격을 멈춘다는 것은 이미 죽음을 의미하는 것이었기에 두려움에 사로잡힌 이들에게 살아남을 방법은 세상이 멸망하기 전에 자신이 모두를 해치워 평화를 이룩하는 것뿐이었다.

그렇게 누구보다 빠르게 모두를 없애 자신만이 승자가 되려 한 정복자들의 무절제한 공격이 겹쳐 온갖 천체로 가득했던 물질계는 보이지도 않는 구멍들 속으로 점점 침몰해 가고 있었다. 무기의 사용이 늘어날수록 침몰은 가속이 되어, 어느 순간 그렇게 사라진 물질들이 빨려 들어가 없어진 구멍에서 연쇄 작용이 일어나 무기의 공격 범위 밖에 있는 물질까지 끌어당겨 흡수하는 암적인 블랙홀과 같은 존재로 변형되었다. 무기의 부작용 속에서 태어난 그 블랙홀은 흡수하면 안 되는 거리의 물질까지 빨아들이면서 진화했으며, 그렇게 진화할수록 더욱 먼 거리의 물질까지 흡수할 수 있게 되는 악순환의 산물이었다. 또한 그것들은 근처에 있는 또 다른 블랙홀과 합쳐져 더 큰 장력을 지닌 거대 블랙홀로 재탄생했으며, 그렇게 탄생한 거대 블랙홀은 주변에 있는 블랙홀을 더 많이 흡수하여 커지면 커질수록 더욱 빠르게 비대해지는 괴물이 되어 가고 있었다. 변형된 구멍의 증식 속도는 기하급수적으로 빨라져 무기를 사용하여 구멍을 남긴 자들이 사태의 심각성을 깨달았을 땐 이미 늦은 상태였다. 수많은 블랙홀이 합쳐진 거대한 심연을 중심으로 은하가, 이웃 은하가, 그 다음엔 은하단 전체가 붕괴하며 빨려 들어갔고, 이미 인간의 힘이 닿는 범위를 넘어선 초우주적 돌연변이가 돼 버린 그들의 창조물 앞에서 살아남을 수 있는 사람은 없었다. 공간이라는 것 자체가 붕괴하기 시작했고, 팽창하던 우주는 안쪽에서부터 무너지며 쪼그라들었다. 그렇게 한때 찬란하고 아름답게 빛났던 우주는 밤낮을 가르며 꺼지지 않는 그 한결같은 야경을 구성했던 무수한 반짝이 알갱이들을 집어삼키는 까마득한 괴물의 흡입에 의해 그 광활함을 잃고 풍선에서 바람 빠지듯 수축하고 있는 것이었다.

확장을 멈춘 우주가 거꾸로 한 점을 향해 잡아먹히기 시작한 시점에서 이미 세상의 종말은 피할 수 없는 것이었다. 우주에서 이 재난으로부터 안전할 공간은 없었다. 공간이라는 것 자체가 소멸하면서 그때까지 살아 있던 얼마 남지 않은 인간들이 대피할 피난처에 대한 희망을 존재론적으로 송두리째 앗아가고 있었다. 마지막으로 남은 이들이 할 수 있는 일은 그저, 마지막으로 꺼져 가는 우주 최후 천체들의 단말마 같은 최종진술을 들으면서 자신들의 악업을 뉘우치는 유언을 남긴 채로 순순히 스스로와 세상의 사라짐이 당도하는 그 순간을 받아들이는 것뿐이었다.

그렇게 1호 역행인은 세상의 종말과 함께 눈을 떴고 현장에는 무거운 침묵이 전생 여행자 본인과 그를 바라보는 수많은 사람들을 짓누르고 있었다. 아직 결론을 넘겨짚긴 이르다고, 교차검증을 통한 더 신중한 판단이 필요하다고 몇몇 엔지니어들은 말했다. 그래서 그들은 다른 역행인에게도 동일한 취지의 실험을 진행했다.

1호 역행인이 틀리길 바랐던 마음 한 켠의 마지막 희망을 확인 사살하기라도 하듯, 실험에 참여한 모든 역행인에게서 같은 내용의 전생이 발견되었다. 그것이 그들에게는 꼭 스물일곱 번째 전생은 아니었지만, 모두가 전생 여행의 어느 순번에선가는 1호 역행인이 본 대로 세상이 끝나는 체험을 했고 그 전생 너머로는 어느 누구에게서도 추가적인 전생이 발견되지 않는 것이었다.

그렇게 본사가 고대하던 완전한 역사책의 마지막 페이지가 쓰였다. 이젠 그랬던 것을 후회하는 사람의 발상에 따라 책을 넘겨 마지막 장만 미리 엿본 결과였다. 원하지 않았던 책의 결말에 역사책 완성 프로젝트를 추진했던 본사 인원들은 의욕을 상실했고, 전 세계의 전생 여행자들은 허탈감에 빠졌다.

그들이 지금까지 그렇게나 열정적으로 해 왔던 탐험의 결말이 가장 허무한 내용으로 막을 내린 것이었다. 인류의 역사는 결국 자기들끼리 싸우다가 세상과 함께 멸망하는 결말이라는 사실은 이 세상을 살아가는 모든 이에게 힘 빠지는 충격이 아닐 수 없었고, 사람들은 미래에 정복자 노릇을 하며 우주를 집어삼켜 버린 어리석은 이들을 비난했다.

비난의 화살은 당연히 서로 사랑하라는 영체의 메시지를 무시하고 자신만의 공간을 위해 상대를 몰아내려고 한 미래 세대의 인류를 향했다. 영체에 해당하는 부류의 사람들이 미래의 순행인이라는 것은 너무나 명확해 보였다. 그렇다면 그들을 무시하고 만인의 전쟁을 벌인 역행인이 세상을 멸망시켰다는 것이 되었다. 역행인의 위상이 고개를 들고 다닐 수 없는 낙인으로 추락하는 순간이 아닐 수 없었다.

1호 역행인의 자괴감도 이루 말할 수 없을 정도였다. 그 자신이 인류 최후의 전쟁에서 마지막까지 살아남으며 우주가 소멸하고 있는 그 순간까지도 무기의 방아쇠를 놓지 못하고 있던 정복광 중 한 명이라는 사실이 그를 더욱 비참하게 했다. 그는 전생 여행의 홍보 대사 일을 그만뒀고, 더 이상 사람들 앞에 나서지도, 전생 여행을 하러 본사에 찾아가지도 않는 채로 집 안에 틀어박혀 과거의 자신이 미래에 저지를 일에 대해 참회라도 하듯 매일 기도만 하는 것이었다.

그의 그런 모습을 옆에서 지켜보던 주은결은 마치 자신의 모든 생에 걸친 슬픔을 한 순간에 느끼는 것 같은 가슴의 찢어짐을 맛보고 있었다. 어느 순간부터 그는 그녀의 위로를 받을 자격도 없는 사람이라며 집에 찾아오는 그녀를 문 앞에 하염없이 서 있게 했고, 까마득한 미래에 벌어질 일에 지배당해 헤어 나오지 못하는 현재의 그를 보면서 그녀는 그가 정복에 미친 사람으로 나오는 그 놈의 마지막 전생이란 것에 분노하지 않을 수 없었다. 수많은 지난 생과 현생을 거쳐 자신과 영원한 사랑을 맹세했던 그가 미래에 그런 정복자가 될 운명이라니. 도저히 납득할 수 없었던 그녀는 매일같이 고은영 박사에게 상담을 빙자한 푸념을 늘어놓았다.

그녀는 자신의 전생에서 그가 어떤 사람이었는지를 묘사하는 데 한참을 할애했다. 수없이 많은 지난 생애에서 수없이 나눈 사랑의 속삭임. 하나하나 다시 꺼내 보는 그 모든 순간의 기억 속에 비친 그의 모습을 연거푸 되풀이하여 그려 내는 그녀의 의중에는 결국 그녀가 기억하는 전생 속 그가 그런 무자비한 정복자일 수 없다고 항변하려는 의도가 깔려 있었다. 마지막에 넌지시 떠보듯 그의 마지막 전생에 대해 물으면서 박사님이라면 그 남자가 자신이 과거에 수많은 평생들을 함께했던 사람의 마지막 모습이라는 말을 들었을 때 선뜻 납득할 수 있겠냐고 수동적이면서도 원망의 홍조 묻은 얼굴로 쏘아붙이는 그녀였다. 곰곰이 생각하는 얼굴로 듣고 있던 박사는 이윽고 한 가지 물음을 내놓았다.

"그렇지만, 사실 그 마지막 전생이란 게 마지막 전생이 아니죠?"

무슨 말인지 모르겠다는 그녀의 눈빛에 박사는 덧붙였.

"우리가 스물일곱째 전생이라 부른 그 마지막 전생은, 사실 그분한테는 첫 번째 전생인 거잖아요."

자신이 꺼내든 예리한 지적에 그녀가 잠시 멈칫한 동안 박사는 말을 이어나갔다.

"그 전생이 역행인의 입장에서는 역사책의 마지막 장이 아니라 첫 장이라고 한다면, 인류의 마지막 생애에서 그분이 보인 모습은 전생에서 수많은 순간들을 함께하며 사랑을 맹세했던 그 사람이 마지막에 맞는 결말이 아니라, 거꾸로 삶의 첫 장을 그렇게 안 좋게 뗀 사람이 나중에 가서 운명의 사랑을 만나 사람이 변하는, 자기밖에 몰랐던 사람이 상대를 이해하고 품을 수 있는 사람으로 거듭나는 이야기인 게 맞지 않을까요? 어쩌면 우리가 지금껏 너무 우리만의 관점으로만 보고 있었던 걸지도 몰라요. 가끔은 우리가 보는 세상을 완전히 뒤집어서 봐야, 상대가 보는 세상이 온전히 이해될 때도 있는 거예요. 동반자를 알아가는 가장 좋은 길은 어쩌면 그 사람의 전생 속이 아니라 그 사람을 바라보는 나 자신을 들여다보는 데 있을 수도 있다는 얘기죠. 스스로의 전생 속에서 한번 그 사람을 발견해 보려고 해 봐요. 예전엔 마냥 그 사람이 좋아서 쳐다보기만 했지만, 그의 과거를 알게 된 지금 다시 내 과거 속에서 만나는 그의 모습은 분명 이전에 느끼지 못했던 다른 의미가 있을 거예요. 어찌됐든 그분의 진짜 결말은 그분의 전생에서는 찾을 수 없으니까요. 그라는 사람의 이야기를 완성할 열쇠를 쥐고 있는 건, 스스로의 과거만을 기억하는 그 자신이 아닌 그의 미래를 기억하는 나 자신에게 있는 거예요."

박사의 말에서 그녀는 마음 속 어떤 깊숙한 곳에 닿는 불어넣는 숨과 같은 의식의 깨어남을 느꼈다. 자신이 지금껏 잘못된 곳에서 답을 찾고 있었다는 것에 생각이 미친 그녀는, 역사책을 완성하겠다는 원대한 사명으로 시작되었던 그 프로젝트를 다시 집어 들기로 마음을 먹고 스스로가 탐사 대원이 되어 자신의 모든 전생을 찾아가 보겠다고 결심했다. 그렇게 한동안 찾지 않았던 그녀 자신의 과거에 다시 돌아가 이젠 집 안에 틀어박혀 문을 열어 주지도 않는 연인이 그녀와 함께했던 찬란한 시절의 모습을 또다시 만나는 그녀였다. 눈물 날 것 같은 그리움을 자아내는 그와의 삶들 속에서 그녀는 찾고 또 찾았다. 그가 자신의 생존만을 위해 사람을 보이는 대로 사냥하는 지난날의 정복자가 아님을 증명하는 장면 하나하나를 찾아 보일 때마다 최대한 기억 속에 남겨 두는 것이었다. 그녀의 입으로 진술되고 기록될 그 장면 하나하나가 그녀에게는 자신의 갈라진 현재를 잊을 수 있는 피난처이자, 미래에서 온 사람들의 역경을 해결해 줄 유일한 실마리였다.

과연 그녀의 전생 속 세계에서 역행인은 현자의 대우를 받고 있었다. 그녀가 과거로 더 거슬러 가면 갈수록 어렴풋이 떠오르는 자신들의 전생담을 공유하는 이들도 늘어났다. 그렇게 깨어나게 된 환생의 의식 속에서, 그들은 늘 앞일을 예견하고 순행인이 바른 길로 가도록 이끌어 주는 삶의 조언자로서 역할을 하였다. 미래에 닥쳐올 수 있는 지혜롭지 못한 이들의 폭거를 두려워하면서, 설령 순행인이 일으키는 수많은 불의들이 이미 그들의 전생에선 일어나 버린 일이라 돌이킬 수 없는 것이라고 할지라도 늘 앞서서 그들의 행동이 일으킬 결과에 대해 멈추지 않고 끝까지 일어나 경고의 목소리를 내는 그 사람들을 보며 그녀의 눈에는 그들 안에서 어떤 부채 의식과 같은 것이 느껴지는 듯했다. 이들을 보며 그녀는 자꾸 인류의 마지막 생애 속 역행인의 모습과 그들을 결부지어 생각하지 않을 수가 없는 것이었다.

그 와중 그녀가 속한 순행 전생 여행 탐사대에선 아주 놀라우면서도 중요한 전생을 탐방하고 있었다. 얼마 전 한 탐사대원의 과거에서 발견된 그 전생은 우주에 살던 과거의 인류 문명이 어떻게 지구에 고립돼 동굴에서 사는 원시인이 되었는지에 대해 직접적인 설명을 제시했다.

그 전쟁 속에서, 사람들은 늘 분열되어 있었다. 서로 간의 차이는 자신의 관점을 돌아보는 통찰의 계기가 아닌 배척의 근거가 되었고, 적대적 배격이 넘쳐나는 세상에서 살아남는 방법은 자신과 함께 상대를 증오할 동지를 많이 만드는 것뿐이었다. 다른 이들에 대한 증오를 가장 잘 선동할 수 있는 자가 가장 번성하였고, 번성한 그들은 권력을 지닌 지도자가 되어 자신의 삶을 윤택하게 만든 바로 그 증오심을 이용하여 나라를 이끌어 나갔다.

우주 곳곳에 걸친 수많은 문명들의 지도자가 그런 이들로 채워지는 데에는 그리 오랜 시간이 걸리지 않았다. 당연하겠지만 곧 전쟁이 발발했고, 우주에서 가장 강력했던 두 문명 간의 충돌로 시작한 그 전쟁은 다른 모든 문명들을 그 전란의 소용돌이에 개입시키기에 충분했다. 수많은 문명들이 자신의 정치적 이익을 위시한 지도자의 결정에 따라 전례 없는 혼돈의 세계 대전적 전시 상황에서 자신들의 편을 골라 군사 행동을 개시했고, 폭풍우 속 천둥 치듯이 사방에서 터져 나오는 그러한 무분별한 군사적 개입이 빚어낸 충돌이 자신들의 국민이 살고 있는 민가 위에 그 포탄의 상흔을 남기면서 삶의 터전을 불태우기까지는 그리 오래 걸리지 않았다. 무너진 댐 너머로 몰려오는 멈출 수 없는 홍수와 같은 군사 공격에 도시와 나라 자체가 사라지고, 수많은 사람들이 대피했다. 한 문명이 공격으로 멸망하면 이웃 문명은 무수한 난민들로 가득 찼고, 그 이웃 문명마저 적대국의 공격을 받아 지도에서 사라지는 건 시간문제일 뿐이었다. 어느 곳으로 피신하든 생존이 위협받을 것임을 지각한 난민들은 공격에서 가장 안전할 것으로 보이는 강대 문명국을 향해 너나 할 것 없이 몰려들기 시작했고, 자신들의 영토가 전쟁에서 패하여 쫓기는 신세가 된 나라 잃은 자들이 맘껏 들어와 머무는 대피소로 전락하는 것을 경계했던 강대국과 살기 위해 어떻게든 국경을 넘으려는 피란민들 사이에 거주할 땅을 둘러싼 또 다른 충돌이 나라를 전방위적으로 두드렸다. 그렇게 세계 대전의 물결은 전 우주적으로 퍼져 나가 문명이 남아 있는 모든 곳에 그 차디차고 모진 마수를 뻗치고 있었다.

그러한 전 세계적인 갈등과 생존의 위협 속에서 힘 있는 문명들만이 희망으로 추앙받고 있는 와중, 한편에서는 현자로서 대우 받던 역행인들이 사람들을 전혀 다른 곳으로 이끌고 있었다. 생존에 굶주린 자들에게 그들은 이렇게 말하는 것이었다.

"문명인의 탈을 벗고 벌거숭이가 되어 오지에 투신하라."

문명인들이 상대 문명을 말살하기 위해 벌이는 이 전쟁에서 살아남는 유일한 길은 문명인이기를 포기하는 것뿐임을 이미 그들은 알고 있었다. 전 세계가 서로를 상대로 멸망전을 벌이고 있는 이 상호 파괴적인 상황 속에서 어느 나라로 피신하든 그 나라와 척을 진 또 다른 적국의 표적이 될 수밖에 없음을 설파한 그들은 사람들에게 아무도 거들떠보지 않는 외딴 행성에 숨어 무국적, 무근본의 야만인으로 살아야 한다고 말하는 것이었다. 지금 인류가 자기 파괴적인 행동을 하는 것은 자신의 정체성에 대해 너무 오만방자해져 있기 때문이라며, 상대 문명의 존재만으로도 정체성에 위협을 느껴 그들을 증오하고 공격하는 인류가 살 길은 철저하게 그 정체성을 벗어던지고 출신 문명에 상관없이 모두가 모여 사는 공동체를 재창조하는 것뿐임을 그들은 역설하였다.

새로운 공동체를 위한 보금자리로서 현자들은 은하의 중심에서 벗어난 외진 항성계에서 후보가 될 만한 행성들을 찾았다. 최종적으로는 세 개의 행성이 후보로 선택받았고, 현자들과 그들을 따르는 순행인들은 문명사회의 국민으로서 자신이 누리던 모든 것들을 뒤로 한 채 다시는 돌아올 수 없는 오지의 행성으로 가는 우주선에 몸을 실었다. 전생으로부터의 예언을 통해 현자들은 그들이 세 행성으로 떠나지만, 궁극적으로는 가장 적합한 조건의 한 행성만이 인류가 살아남아 다시 번성할 터전을 제공해 줄 것임을 알았으며 그들은 그저 자신이 향하는 행성이 그곳이 되게끔 하리라는 일념으로 수많은 사람들을 이끌고 야만인의 삶을 향해 투신하러 가고 있는 것이었다.

행성의 기후가 너무 험하고 자연재해가 지나치게 많다면 인류의 생존이 어려워져 문명을 재건하기 전에 현자를 잃게 될 공산이 컸고, 반대로 너무 비옥한 행성이라면 자원을 노리고 오는 강대국의 표적이 되어 세계 대전의 전장으로서 공멸하게 될 것이었다. 모든 것이 끝났을 때 다시 인류를 일으켜 세울 사람들과 그들을 이끌 현자들이 남아 있을 만큼은 되어야 인류가 새출발을 할 수 있지만, 그렇다고 또 이주한 사람들이 너무 잘 살고 있어 한창 전쟁 중인 문명들의 눈에 띄는 일이 있어서는 안 되는 것이었다. 적당히 인류가 생존할 수 있으면서 야만인처럼 동굴 같은 곳에 숨어 살며 세상의 시선에서는 벗어날 수 있는 곳이어야 했고, 자신들이 고른 행성 중 어느 것이 그 모든 조건에 부합한 예언 속 새로운 터전일지 알 수 없었던 현자들은 자신이 오지까지 데려온 사람들과 함께 행성에 상륙하면서 이곳이 미래 인류의 새집이길, 지금 그들의 곁에 있는 그 사람들이 미래 인류의 조상이길 기도하는 것밖에는 없었다.

해당 탐사대원이 현자를 따라 이주하게 된 행성엔 아주 많은 사람들이 몰려 있었다. 많은 사람이 온 만큼 그들은 큰 규모로 부족을 만들어 집단생활을 시작했고, 문명의 편리함에서 벗어나 동굴 같은 컴컴한 곳에 다닥다닥 끼어 사는 생활에 그들은 금방 지쳐 갔다. 현자들은 그들에게 짐승과 같은 야만적인 생활을 하라고, 스스로를 인간처럼 보이게 하는 것은 어떤 것이든 버리고 인간 이하의 존재가 되어 숨어 살라고 하면서 옷과 같은 기본적인 소유물조차도 허락하지 않으려 했고, 아무리 그들을 따라서 여기까지 왔다지만 자꾸 오지에 투신해야 한다면서 문명 생활의 상징인 옷을 사람들 보는 앞에서 찢어발기고 스스로 벌거숭이가 되는 그들의 모습에 추종자들은 경악을 하며 그들을 멀리했다. 얼마 지나지 않아 자신들은 이런 존엄성 없는 삶을 위해 피난 온 게 아니라면서, 자신들이 원했던 것은 자신들을 핍박하는 나라들을 피해 최소한의 인간다운 삶을 보장받을 수 있는 곳으로 탈출하는 것이었음을 강조하며 현자들로부터 떨어져 나와 자기들만의 공동체를 만드는 부류의 사람들이 나타났다. 동굴 속 사람들은 여전히 옷을 버리길 거부했고, 떨어져 나온 사람들은 다른 동굴을 찾지 않고 자신들이 구할 수 있는 재료들로 도구를 만들어 마을을 건설하기 시작했다. 이미 피난 이

전 인류의 생활이 머릿속에 생생히 남아 있었던 그들이 철기 문명의 도구들을 재현할 수 있게 되기까지는 그리 오랜 시간이 걸리지 않았고, 어느새 그들은 집도 짓고, 가축을 이용해 농경 생활까지 누리면서 번성하는 마을을 통해 더 많은 사람들을 동굴로부터 이끌어 내고 있었다.

전생 속 탐사대원이 죽기 전 마지막으로 본 것은 웬 미사일 하나가 날아와 그들이 사는 행성을 통째로 폭파하는 것이었다.

그의 전생은 그렇게 생존받지 못한 채로 끝이었지만 그 한 편의 생애가 본사의 역사책에 있어 가지는 의미는 엄청났다. 주은결을 비롯한 본사 사람들이 그 전생으로부터 과거에 번성했던 인류가 내전을 벌이다 모두 공멸하였고, 유일하게 문명인임을 포기하고 살던 곳을 떠나 오지에 숨어 들어간 세 행성의 피란민 가운데 한 행성만 살아남아 그곳이 지구라는 인류의 새 보금자리가 된 것이었으리라는 결론에 이르는 것은 그리 어렵지 않았다. 해당 탐사대원의 행성은 안타깝게도 최후의 생존을 위한 터전이 되지 못했으니, 남은 두 행성 가운데 인류가 살아남을 수 있었던 지구가 존재함이 명확해졌다. 전쟁이 일어난 대강의 시간대를 추정할 수 있었던 본사는 수많은 탐사대원들을 동원해 비슷한 시기로 생각되는 전생들을 집중적으로 탐사하였으며, 그 결과 전체적인 그림을 더욱 선명히 채워줄 다른 행성에서의 전생들을 확보할 수 있었다.

먼저 우주에서 가장 강하다는 문명국이 있는 행성에 피난을 온 난민의 이야기가 있었다. 그녀의 삶은 타국에 대한 적개심이 가장 강할 시기에 있는 전쟁 중인 국가의 사회에 적응하려는 힘겨운 사투의 연속에서, 마지막에는 적국에 대해 갈 데까지 가 버린 상호 파괴적 교전을 벌인 전쟁광적인 나라와 함께 행성째로 증발해 버렸다.

그 다음엔, 후보로 선택받았던 또 다른 행성에 현자들을 따라 이주한 대원의 전생이었다. 이 행성의 사람들은 현자들이 얘기했던 대로 문명인의 삶을 탈피하고 동굴 속에서 야만인처럼 지내고 있었다. 행성의 기후도 험하지 않고 사람들도 동굴에서만 숨어 살아 문명인들의 내전을 피해 생존하기에 딱 맞는 조건을 갖추고 있었다. 그러나 자신들을 행성에 데려다 준 우주선들을 한 대도 남김없이 파괴하라는 현자들의 뜻을 어긴 채, 처분하는 척만 하며 몰래 우주선을 자신만 아는 곳에 감춰둔 조종사가 있었다. 그 조종사는 현자들의 말

대로만 사람들이 따르는 생활에 환멸을 느껴 사람들에게 지시를 내리는 그들을 몰아내고 자신이 그들의 자리에 서서 모두를 지휘하고 권력의 정점에 서고 싶어했다. 감춰둔 우주선에 있던 무기들을 이용해 현자들을 살해한 그는 자신만이 지닌 현대 기술력의 병기를 겨누며 사람들에게 자신을 권력자로 받들라고 하였지만 현자들만을 믿고 그곳까지 이주해 왔던 사람들의 강한 저항에 부딪혔고, 결국 모두를 살해하고 행성에 홀로 남겨진 그는 그렇게 한 대의 우주선과 함께 수많은 사람들의 주검 위에서 인류의 미래와 자신의 여생을 낭비하기에 이르렀던 것이었다.

그렇게 세 후보 행성 중 두 곳의 운명이 밝혀졌으니, 나머지 한 행성만 찾아내면 되었다. 그러면 그곳이 현재 인류가 거주하는 지구가 되는 것이었다.

그리고 그들이 마침내 전생 여행을 통해 찾아낸 마지막 행성에서의 일화는 꽤나 충격적인 것이었다.

마지막 행성에 다다른 피난민들은 동굴을 찾고 새로운 생활에 정착하기도 전에 죽어 나갔다. 그들이 도착하고 얼마 지나지 않아 행성에 거대한 운석 충돌이 있었기 때문이었다. 행성에 부딪힌 운석은 커다란 상흔을 그 얼굴 표면에 남기며 광활한 면적의 육지를 집어삼켰고, 거대한 폭발로 인한 수많은 파편들의 먼지가 행성의 모든 상공을 뒤덮어 지표면을 태양으로부터 완전히 차단하였다. 불안정해진 지각으로 인해 행성 곳곳에서 화산 활동이 일어났고, 그 여파로 수많은 사람들이 목숨을 잃었으며, 생존을 위해 이곳에 상륙한 현자들과 피란민들은 낙진을 피해 동굴 속으로 깊이 더 깊이 숨어 들어가야만 했다. 이미 그들이 타고 온 우주선들은 흔적도 없이 사라져 행성에서 탈출할 방법도 없었고, 검은 구름 때문에 외부로부터 완전히 가려진 행성에서 누군가 바깥으로부터 그들을 구하기 위해 찾아온다는 것은 기대할 수 없는 것이었다. 그들은 자연 재해가 닿지 않는 곳을 향해 땅속 더 깊은 동굴로 들어가고 또 들어갔으며, 그런 그들을 기다리는 것은 태양을 잃어버린 행성이 매몰차게 후리어 대는 끝이 안 보이는 혹독한 겨울이었다. 강력한 추위와 화산재 때문에 밖에 나갈 수도 없이 동굴 깊은 곳에 갇혀 버린 사람들은 먹을 것을 못 구하게 되면서 하나둘씩 죽어 나갔고, 그렇게 생존에 대한 부푼 열망을 안고 새 행성에 상륙했던 신인류는 보이지 않는 태양과 끝없는 화산재 속에서 동굴이라는 심연에 틀어박힌 채 멸망을 맞을 운명이었다.

그렇게 마지막 행성의 사람들도 살아남지 못하고 인류는 역사 속으로 사라졌다. 아니, 적어도 그런 듯 보였다.

보아하니 그 혹독한 재난 속에서도 살아남은 인류가 있었던 모양이었다. 화산 활동이 활발해진 턱에 지열이 많아진 부분을 운 좋게 찾게 된 피난민들이 있었다. 땅 속 깊이 파고 들어간 동굴 속에서도 열기에 이끌려 온 생물들로 인해 어느 정도의 먹잇감을 찾을 수 있었으며, 그렇게 비교적 한파에서 안전한 곳에서 소규모로 모여 사는 극소수의 집단들이 존재함이 추가적인 전생 탐사에서 확인되었다. 본사가 도출한 결론은, 이들이 한동안 그렇게 깊은 동굴 안에서 외부와 단절된 채로 지열의 도움을 받아 생존하며 자급자족하는 생계를 이루었고, 상당한 시간이 지나 마침내 그들이 동굴에서 나왔을 때는 이미 하늘을 덮던 먼지 구름이 사라져 있었을 거라는 이론이었다. 행성으로 피난 오기 전 전생을 통해 미래를 보았던 현자들은 인류가 동굴 속에서 원시인의 생활을 하는 모습만 보고는 살 만한 행성을 찾아 그 모습대로 생활하기만 하면 생존할 수 있을 거라고 믿었지만, 그러한 미래 인류의 원시적인 모습은 대부분의 현자들과 피난민들이 희생되는 참극 속에서 어찌어찌 살아남은 사람들의 자연적인 생활 방식으로 정착된 것이었음을 그들은 깨닫지 못하고 있었던 것이었다. 결국 행성에 다다랐을 때 그들이 바랐던 것과는 달리 거의 모든 것을 잃는 희생을 치르고 난 다음에야 인류는 생존할 수 있었다. 전쟁이 끝나고 인류 문명을 재건하려는 그들의 계획도 헛된 바람에 불과했던 것이었다. 인류의 문명은 이전 문명으로부터의 지식이 아닌, 모든 것이 파괴된 곳에서 처음부터 다시 시작하는 생존자들이 스스로의 힘으로 일구어야 하는 것이었다. 그때까지 수만 년에 달하는 세월 동안 살아남은 자들이 할 수 있는 것은 말 그대로 계속 살아남아 대를 잇는 것뿐이었다. 죽은 모든 영혼들이, 환생할 육체를 계속해서 빌릴 수 있도록 하면서.

그것이 수많은 사람들이 발 벗고 나선 본사 주관의 대형 프로젝트가 밝혀낸 인류 역사의 한 부분이었다. 그렇게 역사의 빠져 있던 한 고리가 이어지는 데에는 정말 많은 탐사 자원자의 전생이 연구되어야 했고, 여기서 순행인들의 참여는 필수 불가결한 것이었다. 본사에서 일하는 연구자들, 특히 순행인 연구원들과 탐사대원들의 기여가 컸다.

본사의 여느 탐사대원들이 그랬듯 주은결 역시도 해당 전쟁이 일어난 시점 인근의 전생들을 집중적으로 탐색했다. 다만 그녀는 자신의 전생들에서 어떤 인류사적 사건들이 일어나는가보다도 인류에게 위기가 닥쳐오는 매 순간 현자라고 불리는 역행인들의 입에 더욱 집중하고 있었다. 역행인들이,

그녀 연인이, 무슨 말을 하고 사람들 앞에서 어떤 모습으로 기억되는지가 그녀에게는 가장 중요했다.

그녀 스스로에게 기억된 역행인들의 모습은 이러했다. 이전의 전생 여행들에서 이미 보았던 바와 같이 역행인들은 전쟁이 일어나기 한참 전부터 이러한 공멸적 상황을 예견하고 있었다. 그러한 제풀에 불러온 멸망의 위기 속에서 인류의 존속을 위해서는 자신들의 역할이 없어서는 안 될 것임을 그들은 서로에게 강조하며 스스로 결의를 다지고 있었다.

그러나 전쟁 발발 시점 이전의 전생들을 훑으면서 그녀는 흥미로운 점을 발견했다. 내전으로 인한 공멸을 대하는 그들의 자세였다.

인류의 서로를 향한 증오와 상대를 파괴하려 함으로써 자기 자신도 파멸에 이르는 역사적 비극을 어떻게든 막으려 소매 걷고 사람들 앞에 나서는 그들의 모습에서 그녀는 막 연단에 서 전쟁을 선동하고 있는 어리석은 순행인 지도자들로부터 인류를 구하는 구원자적인 영웅의 얼굴을 보고 있는 게 아니었다. 그녀에게 보인 건 과거의 자기 자신들로부터 인류를 구하려는 업인들의 몸부림이었다. 마치 지금 순행인들의 모습에서 그 옛날 자신들이 저질렀던 마지막 원죄가 떠오른다는 듯이. 그랬다. 그들은 어렴풋이 느끼고 있는 것이었다. 인류가 저지르는 모든 잘못이, 자신들이 저질렀던 최초이자 최후의 잘못을 그대로 재현하려는 일부 순행인들에 의한 역사적 답습임을. 그들 자신이 정확히 무슨 짓을 했는지 기억해 내어 말할 수 있는 역행인은 없었지만, 무의식의 심연 속 깊숙한 곳에 묻혀 있는 그 원초적 회한의 각인을 끄집어내는 자멸적 비극이 일어날 때마다 그들은 태초의 생애로부터 낙인찍힌 괴로움이 반응하며 자신들이 망쳐버린 미래로부터 모든 인류와 스스로를 구하려고 그렇게도 발버둥을 치던 것이었다.

그들의 이러한 바탕은 전쟁 발발 시점으로부터 과거로 더 되돌아갈수록 강해졌다. 역행인에게는 미래일 더 머나먼 과거에서 그들은 더욱 선명하게 볼 수 있었던 것이었다. 자신들이 첫 생애를 어떻게 시작한 존재이며 그런 존재로서 마지막 생애를 어떻게 마무리해야 할 것인지를. 앞으로 살아갈 생애보다 살아온 생애가 훨씬 많은 그들은 어느덧 이 윤회라는 반복되는 생사의 끝, 즉 마지막 환생에 대해 이야기하고 있는 것이었다.

주은결은 그들이 마지막 생애에 대해 언급하는 것을 포착한 그 생으로부터 과거로는 한 순간의 고락도 놓치지 않고 모든 전생들을 샅샅이 들여다보았다. 그녀가 반응을 얻을 수 있었던 최초의 전생인 스물일곱 번째 전생까지는 네 개의 삶만이 남아 있던 시점이었다. 한 생애 되돌아간 스물네 번째 전생에서 그녀의 연인은 역행인으로서의 사명을 이야기했다. 이 전생의 역행인들은 그들이 무엇을 했는지에 대해 상당히 뚜렷하게 인지하고 있는 듯 보였으며 그들이 파괴한 세상에 대한 인과응보적 균형을 맞추는 것을 자신들의 존재론적 의미로 삼았다. 생명을 경시하고 파괴한 죄를 짊어진 그들이 할 수 있는 것은 자신들이 파괴한 것들을 사랑하고 살리는 것이었다. 그 원대한 사명을 위해 현자들은 스스로의 의식 수준을 높이는 수행에 정진하고 또 정진하는 것이었다.

스물다섯 번째 전생에서는 현자들이 육체를 초월한 존재가 되어 있었다. 이 생에서 역행인들은 태어날 땐 인간의 육체로써 세상에 나오지만, 얼마 지나지 않아 그들의 정신은 개개인을 초월한 공동의 의식으로 모아져 모든 역행인들이 하나의 공동체적 정신으로서 존재하게 되는 것이었다. 인류 마지막 생애의 영체가 그랬던 것처럼, 이 역행인들의 집단 의식은 이끌어 줌이 필요한 사람들에게 조언을 주며 사람들이 지혜를 구할 신탁의 대상으로서 수많은 이들에게 숭배되고 있었다.

그리고 스물여섯 번째 전생이었다. 이 삶에는 더 이상 역행인이라는 사람은 존재하지 않았다. 사람들의 귀에 속삭이며 말을 걸고, 가장 지혜로운 존재로서 인류의 삶을 이끄는 힘은 다름 아닌 신들이었다. 이곳에서 사람들은 신들과 대화를 나눌 수 있었고, 무형의 존재로서 사람들의 귓속에 울려 퍼지는 속삭임으로 자신의 기척을 알리는 그들이 온 세상과 인류와 모든 생명들을 창조하신 조물주임을 모두가 알고 있었다.

주은결에게는 하루가 멀다 하고 대화를 나누는 신이 있었다. 매일같이 그녀 귓가에 내려앉아 달콤한 속삭임을 전하는 요정 같은 신과의 대화를 통해 그녀는 미래의 자신이 인간으로 환생한 그 신과 영원한 인연으로 맺어질 것임을 알았다. 그는 순행인과 역행인의 환생과 그녀의 미래 삶들에 대한 옛이야기들을 사랑하는 연인에게 잃어버린 기억을 채워 주듯 속삭여 주었고, 역행인으로서 자신의 지난날과 앞으로 자신들이 수행할 원대한 과제에 대해 귀띔해 주는 것이었다. 그는 자신이 곧 다른 모든 역행인들과 완전히 합쳐지며, 그렇게 모두와 함께 자신들이 부숴 버린 세상을 도로 만들어 낼 거라 하였다. 생명을 창조하는 순간에 그녀의 탄생을 지켜볼 수 있는 게 그가 살아서 보게 될 가장 큰 축복일 거라고 말하는 그였다.

그리고 스물일곱 번째 전생. 최초의 전생에서 그녀는 탄생되었다. 이 세상의 다른 모든 것들, 다른 모든 순행인들과 함께.

그녀가 처음에 스물일곱째 전생을 탐험할 때 느꼈었던 생명의 태동은 최초의 생명체가 창조되는 과정이었던 것이었다. 수없이 많은 태동의 싹 터짐으로부터 그녀는 자신과 함께 세상에 나오는 수많은 다른 이들의 존재를 감각하고 있었다. 다른 순행인들을 대상으로도 최초의 전생을 찾아보았지만 결과는 매번 같았다. 모두 그녀가 묘사했던 생명의 박동을 똑같이 느꼈다는 진술이었다. 다른 전생들에선 삶의 순간순간이 사람마다 달랐었겠지만, 그들의 최초 전생만큼은 그것이 그들의 몇 번째 전생이었든 간에 모든 순행인들이 예외 없이 똑같은 묘사를 하는 것이었다. 그들의 최초 전생이, 이 세상의 최초의 생이었다.

최초의 전생 이전의 생을 순행인에게서 찾아내려는 노력은 최후의 생 이후의 삶을 역행인에게서 찾아내려는 노력과 마찬가지로 허사였다. 수많은 순행인 탐사대원들을 통해 검증을 마친 뒤 결국 본사는 공식적으로 인정하고 발표할 수밖에 없었다. 순행인들을 세상에 창조한 건, 역행인들이라고. 먼 훗날 모든 인류와 세상을 파멸의 구멍으로 몰아넣었던 그들이, 먼 옛날 세상을 창조하셨던 조물주가 될 거라고.

    그렇게 인류의 역사는 완성되고 완결 지어졌다. 세상은 기억하고 있었다. 세계의 파괴자라는 역행인들의 오명이 씻긴 것에는 한 순행인과 역행인의 사랑이 있었으며, 자신의 운명의 상대를 끝까지 포기하지 않았던 순행인의 투철한 마음이 있었음을. 그녀 덕분에 역행인들은 푹 숙였던 고개를 다시 들고 다닐 수 있게 되었으며, 비로소 사람들은 확실히 알게 된 것이었다. 세상은 순행인과 역행인 중 어느 한쪽만 가지고 존재할 수 없고, 사람 간의 인연이란 순행인과 역행인이 만나 짝을 이뤘을 때에야 환생을 넘어선 지속성을 띨 수 있음을. 그렇게 서로를 거울처럼 비춰 주는 양쪽이 만났을 때에야 세상은 과거와 현재, 미래를 잇는 영속하는 사랑을 실현할 수 있는 곳이 되는 것임을 그들은 깨닫고 있는 것이었다. 그러한 영속적인 사랑으로 말미암아 그녀의 애인은 마침내 다시 세상에 나올 수 있게 되었으며, 그렇게 다시 시작한 수개월 간의 교제 끝에 마침내 결혼식장에서 그녀를 마주하고 설 수 있었다. 식장에는 발 디딜 틈이 없을 정도로 많은 순행인과 역행인들이 전 세계로부터 와 가장 유명한 순행인과 역행인의 스물여덟 번째 이어짐을 축하해 주었고, 죽음이 우리를 갈라놓을 때까지 좋을 때나 나쁠 때나, 부유할 때나 가난할 때나, 아파도 건강해도 오늘부터 계속 사랑하고 아끼겠다는 혼인 서약은 죽음도 우리를 갈라놓지 못하도록 과거일 때나 미래일 때나, 지혜로울 때나 어리석을 때나, 다시 재가 돼도 다시 태어나도 오늘 전후로 영원히 사랑하고 아끼겠다는 문구로 바뀌어 하객들의 열렬한 반응을 이끌었다. 그렇게 우주가 존재하는 동안 계속 이어질 두 사람의 항시적이고 무궁한 사랑을 확약하는 맹세식이 끝나고 이어진 피로연에서 두 사람은 바쁜 인사치레 와중 물병백조와 고은영 박사의 도움으로 연회장을 탈출해 몰래 피신한 옆 홀의 뻥 뚫린 테라스에서 한때 감상을 나누었던 그 저녁 하늘을 올려다보며 둘만의 고요한 시간을 공유하고 있는 것이었다.

난간에 기대어 하늘을 올려다보던 주은결이 옆으로 돌아 기대며 입을 열었다.

"참 신기한 것 같죠?"

역시나 하늘을 바라보고 있던 그녀의 역행인 동반자는 무슨 말이냐는 뜻으로 더 행복해 보일 수 없는 그 초롱초롱한 눈망울을 지그시 그녀 쪽에 두어 건너다보았다.

"역설적이지 않아요? 우리는 과거의 삶에서 무슨 일이 있었는지 다 알고, 또 앞으로 환생할 생에서도 무슨 일이 일어날지 다 아는데, 막상 이번 생에서는? 당장 내일 무엇이 우릴 기다리고 있을지조차 모르는 상황이잖아."

1호 역행인은 그들이 선 테라스처럼 고요하고 평화로운 미소로 화답했다.

"그런가요? 모르는 편이 나는 더 좋던데."

입가가 살짝 벌어지며 난간에 올린 양팔을 포개면서 한 발짝 들어 바깥 경치에 조금 더 가까이 서 도시의 바람을 맞이하는 그였다.

"다음 생의 나는 어땠어요? 혹시 타임머신을 써서 이번 생을 들여다보거나 하진 않았어요? 전생의 내가 어떤 이야기를 써 내려갔는지 알려고."

"미래 사람들은…… 글쎄요, 타임머신을 더 이상 안 쓰는 것 같던데요."

"어, 왜요? 미래엔 타임머신이 존재하지 않는 건가?"

주은결은 눈이 동그래져서 물었다.

"그런 것보다… 인류사의 모든 책장을 넘겨본 뒤론 사람들이 더 이상 자신의 다른 생애에 관심이 없더라고요. 자신이 살고 있는 이 인생, 자신의 앞에 있는 이 사람이 중요하지……."

말을 하면서 그녀 쪽으로 고개를 돌린 그는 지금 자신의 눈에 비친 장면이 다시없을 소중한 순간인 듯 하염없이 그녀를 눈에 담아 바라다보는 것이었다.

"사람들이 나중엔 진짜 그렇게 돼요? 눈앞에 보이는 삶에만 집중한다고요? 과거와 미래를 다 알 수 있는데?"

"이미 가장 중요한 걸 알고 있잖아요." 그는 그녀 얼굴로 손을 가져가 어루만지면서 끝까지 바라보며 새겨넣는 것이었다.

"언제가 되었든, 사랑하는 사람과 늘 함께일 거라는 거. 그리고 그 사람이…… 잊고 있었던 자신의 진짜 모습을 채워 줄 거라는 사실을."

누가 먼저랄 것도 없이 서로에게 이끌려 자석처럼 입술이 착 붙는 두 사람이었다. 어스러지는 황혼을 뒤로 한 채, 그렇게 두 사람의 사랑은 그들의 영원한 이어짐을 재확인했던 예식장으로부터 뻗어나가 온 세상의 하늘에 입맞춤을 하고 있었다. 그들이 함께였었던, 과거와 미래의 모든 하늘에. 그들의 사랑으로 말미암아 구원받았었던, 시작과 끝 사이에서 태어난 모든 인류에게.